BÜFFEL-TEICH
PFERDE-STALL
MEIEREI
LUISEN-TEMPEL
KUNCKEL-STEIN
PFAUENINSEL
KAVALIER-HAUS
BEELITZER JAGDSCHIRM
VOLIÈRE
PFAUEN-GEHEGE
WINTER-HAUS
MEIEREI
LUISEN-TEMPEL
KUNCKEL-STEIN
JAGD-SCHIRM

Silke Böttcher

DAS ERBE DES ALCHEMISTEN

ABENTEUER AUF DER PFAUENINSEL

Illustrationen: Rebecca Mönch

Biber & Butzemann

MIX
Papier aus verantwortungsvollen Quellen
FSC® C127349
www.fsc.org

Quizfragen zum Buch
beantworten und Punkte
sammeln auf *Antolin.de*.

Besuchen Sie uns im Internet unter
www.biber-butzemann.de
oder auf Facebook unter
www.facebook.com/biberundbutzemann

Geschwister-Scholl-Str. 7
15566 Schöneiche

1. Auflage, März 2019

Bibliografische Information der Deutschen Nationalbibliothek
Die Deutsche Nationalbibliothek verzeichnet diese Publikation in der Deutschen Nationalbibliografie; detaillierte bibliografische Daten sind im Internet unter http://dnb.ddb.de abrufbar.

Text: Silke Böttcher
Illustrationen: Rebecca Mönch
Layout und Satz: Mike Hopf
Lektorat: Steffi Bieber-Geske, Kati Bieber, Martina Bieber, Juliane Jacobsen
Lektoratsassistenz: Lena Diewald, Carola Jürchott
Korrektorat: Peggy Büttner
Druck- und Bindearbeiten: TZG Zapolex Sp. z o.o. Polen
ISBN: 978-3-95916-052-0

Inhalt

Prolog

Berlin, Sommer 2018

Das Ruderboot glitt lautlos über das Wasser, unter dem nachtschwarzen Himmel hinweg. Eine Reihe von Lichtern erleuchtete das andere Ufer. Rund um das Boot war es stockdunkel, auf den beiden Sitzbänken an Bord herrschte eine nervöse, angespannte Stille voll hastiger Blicke, klopfender Herzen und schweißnasser Hände. Nur das leise Glucksen der Paddel im Wasser war zu hören.

Als das Boot mit einem satten Ratschen auf dem Ufer aufsetzte, ging ein Raunen durch die vierköpfige Mannschaft. Sofort setzte hektische Betriebsamkeit ein. Ein Seil wurde zwei-, dreimal um einen Baumstamm geschlungen, um das kleine Gefährt am Davonschwimmen zu hindern. Dann verließen dunkle Gestalten, beladen mit prall gefüllten Tüten, das schwankende Boot. Wenig später waren sie im Gebüsch verschwunden.

Zurück blieben das Boot und ein glänzender Gegenstand, der unbemerkt aus einer Tüte gerutscht und ins Wasser geglitten war.

Potsdam, Juli 1679

Der Kurfürst betrachtete das rote Glas, das er bei seinem Geheimen Kammerdiener Johann Kunckel in Auftrag gegeben hatte. Es schimmerte in der Abendsonne und war ohne Makel. Aber irgendetwas stimmt noch nicht, dachte er und legte die Stirn in Falten. Kunckel, der mit erwartungsvollem Blick neben ihm stand, trat erschrocken einen Schritt zurück. „Ein bisschen dunkler noch", murmelte der Kurfürst nach einigem Überlegen und warf Kunckel einen Blick zu. „Etwas dunkler sollte es noch werden, und dieses dort", er zeigte auf ein zartes Glas mit geschwungenem Henkel, „dieses dort würde mit einem Goldrand noch besser wirken, meint Ihr nicht?"

Kunckel betrachtete das Glas, überlegte ein Weilchen und nickte dann. „Etwas dunkler und mit Goldrand." Der Glasmacher begann sofort, die nötigen Zutaten für den neuen Farbton im Kopf zusammenzustellen. Wenig später verließ er das kurfürstliche Schloss mit einem Gesichtsausdruck vollkommener Konzentration. Auch wenn er noch auf dem Weg in sein Labor war – in Gedanken stand er schon am Tisch und mischte die Ingredienzien.

Glas und alles, was dazugehörte, war Kunckels Lebensaufgabe. Er plante, das schönste, prachtvollste Rubinglas zu fertigen, das es je gegeben hatte. Seine bisherigen Versuche waren vielversprechend gewesen, und der dunklere Farbton sollte keine große Herausforderung sein.

Kaum im Labor angekommen, machte sich der Glasmacher ans Werk. Seine andere Lebensaufgabe, die er nur im Geheimen betrieb und von der auch der Kurfürst nicht das Geringste ahnte, musste ein paar Tage warten: der Versuch, Gold herzustellen. Jetzt war das Glas an der Reihe, das beinahe ebenso wertvoll und begehrt war – von einem so tiefen Rot, dass man sich darin verlieren konnte. Er würde es ein bisschen dunkler machen. Nur einen Hauch. Und diesmal, so wusste er, würde es ein Meisterwerk werden.

Kapitel 1

Berlin, Sommer 2018

Das schrille Schimpfen einer Amsel riss David aus dem Schlaf. Verwirrt blickte er auf den Wecker, aber der stand stumm auf seinem Nachttisch. Die großen Leuchtzeichen zeigten 8.30 Uhr an. Erschrocken wollte er aus dem Bett springen, da fiel ihm etwas Wichtiges ein: Es waren Ferien. Er hatte gar nicht verschlafen.

David ließ sich zurück in die Kissen fallen und genoss das Gefühl, sechs lange freie Wochen vor sich zu haben. Ein Sommer voller Möglichkeiten, und er hatte gerade erst angefangen.

Die Tür zu seinem Zimmer war nur angelehnt, und er hörte die Stimme seiner Schwester Jasmin, die offensichtlich telefonierte. Um 8.30 Uhr! David nutzte die Chance auf das freie Bad und gönnte sich eine Ferienanfangs-Dusche.
Zurück in seinem Zimmer, zog er sich an, kämmte seine blonden Locken, griff nach einem großen Handtuch und seiner Badehose und angelte nach seinen geliebten Turnschuhen.
Jasmin telefonierte noch immer. Immerhin grinste sie ihn an, als er in Richtung Küche vorbeiging, und er zog sie freundschaftlich am Pferdeschwanz. Auf dem Küchentisch standen eine Packung Cornflakes und ein Krug mit Milch

– er war wohl der Einzige aus der Familie, der noch nicht gefrühstückt hatte. Seine Eltern waren längst arbeiten. David wollte sich nicht extra für ein Cornflakes-Frühstück hinsetzen, sondern griff zwei Scheiben Brot, schmierte eine dicke Schicht Nuss-Nugat-Creme darauf und klappte die Scheiben zusammen.

Zehn Minuten später stand er, das Frühstücksbrot in der rechten, den Lenker seines Fahrrades in der linken Hand und den Beutel mit den Badesachen über die Schulter gehängt, vor der Tür seines Kumpels Moritz. Noch bevor er klingeln konnte, wurde die Tür aufgerissen und Moritz stand vor ihm.

Offenbar hatte er die gleiche Idee gehabt wie David. Ein Handtuch hing über seiner linken Schulter. Die kurzen schwarzen Haare standen wie Stacheln von seinem Kopf ab und er grinste breit auf den etwas kleineren David herab. „Havel?"

David nickte. Moritz war kein Freund großer Worte. Aber die beiden verstanden sich auch so. „Havel" war die Abkürzung für die Lieblingsbadestelle der beiden, den Alten Hof in Wannsee. Und dass man einen ersten Ferientag an der Lieblingsbadestelle verbringen musste, verstand sich ja wohl von selbst.

Die Tür öffnete sich und Moritz' Mutter steckte den Kopf nach draußen. „Wollt ihr etwas zu essen mitnehmen? Es ist noch jede Menge Kartoffelsalat da." Wenig später standen die Jungs wieder neben ihren Fahrrädern. Moritz befestigte einen großen Korb mit Wasserflaschen, einer Plastikdose mit Kartoffelsalat und einer Tüte Kekse auf seinem Gepäckträger. Zwei Minuten später fuhren sie los.

Gemächlich radelten sie durch den Düppeler Forst, der um diese Zeit noch still war. Den Platz am Wasser hatten die beiden so früh am Morgen noch ganz für sich – und genossen es, sich die schönste Stelle zu suchen. Sie machten sich nicht die Mühe, die Badehandtücher auszubreiten, sondern zogen T-Shirts und Jeans aus und waren eine halbe Minute später im Wasser.

Den Tag verbrachten sie mit Baden, Essen (der Kartoffelsalat war wirklich gut), Dösen, Herumalbern – und dann begann wieder alles von vorn.

Die Sonne stand schon tief am Himmel, als der Salat aufgegessen war. Aber die Jungs hatten noch keine Lust, nach Hause zu fahren. Die letzten Badegäste verließen gerade den Strand, als David und Moritz nach einem letzten ausgiebigen Bad darauf warteten, dass ihre Badehosen trocken wurden. Am Ufer schräg gegenüber konnte man die ersten Lichter sehen, und auf der nahen Pfaueninsel gaben die namensgebenden Vögel ihr Abendkonzert. Abgesehen davon wurde es still an der Badestelle.

David starrte verträumt vor sich hin und war kurz davor einzunicken, als ihm ein flackerndes Licht in der Ferne auffiel. Er setzte sich auf und kniff die Augen zusammen, um in der Dämmerung besser sehen zu können. Das Licht bewegte sich langsam zur Seite. „Hey, guck mal", forderte er Moritz auf, der dabei war, seine Hose anzuziehen.

Moritz folgte seinem Blick. „Das ist die Pfaueninsel!", meinte er.

David nickte. „Und da läuft einer mit einer Taschenlampe herum."

Die beiden sahen sich an. Wer sollte um diese Zeit auf der Insel unterwegs sein?

„Bestimmt ein Wachmann", vermutete Moritz.

David wusste nicht, ob es Wachleute auf der Pfaueninsel gab. Aber er wusste, dass um diese Zeit keine Besucher mehr dort sein konnten, denn die letzte Fähre war längst abgefahren. Die Insel war schließlich eine Art Museum, und das wurde nachts abgeschlossen – sozusagen.

Die Jungen starrten auf das Licht, das sich schwankend bewegte, dann plötzlich erlosch und wenig später wieder aufleuchtete. „Komisch", sagte David und spürte eine Gänsehaut. Irgendetwas stimmte da nicht.

Moritz nickte und grinste. „Mein kleiner Bruder würde jetzt sagen, dass da Schmuggler unterwegs sind."

Aber David grinste nicht. „Vielleicht", warf er ein, „hätte er ja recht?"

Stumm saßen die beiden da und starrten auf das Licht, bis es plötzlich ganz verschwand und nicht mehr wiederkam. Nach fünf Minuten stand Moritz auf. „Lass uns gehen, es ist schon fast dunkel."

Trotzdem blieben sie noch eine Weile stehen und starrten ins Dunkel. Die Umrisse der Insel waren nur noch schemenhaft zu sehen und das Glucksen des Wassers beinahe das einzige Geräusch. Dann hörte David das leise Eintauchen eines Gegenstandes ins Wasser.

„Ein Boot!", wisperte er. Moritz kniff die Augen zusammen. „Du hast recht, es ist sogar zu sehen!" Er zeigte in die Ferne.
Tatsächlich. Auf dem Wasser konnte man undeutlich ein Boot ausmachen, das sich langsam von der Insel weg bewegte und nach einer Weile verschwand.
Die Jungen starrten einander an. „Das ist komisch", sagte David, und Moritz nickte. Ein Boot ohne Licht, das sich bei Dunkelheit von einer Insel entfernte, die man nur mit einer offiziellen Fähre erreichen kann – das war wirklich seltsam.
„Ich glaube", überlegte David, „ich weiß, was wir morgen machen."
„Ich auch. Ich wollte schon lange mal wieder auf die Pfaueninsel."

Die Jungen waren nicht die Einzigen, die die Geschehnisse auf der Insel beobachtet hatten. Auf der anderen Seite, am Ufer in Berlin-Kladow, saß ein Mann hinter einem dunklen Fenster. Er sah, wie sich das Boot im Schutz der Nacht langsam vorwärtsbewegte und beobachtete das Flackern der Taschenlampen. Er hatte das Boot später auch wieder anlegen sehen, an dem Ufer, an dem er selbst sich verborgen hielt. Und jetzt gelang es ihm, durch sein Nachtsichtgerät das Gesicht eines der Bootsinsassen zu identifizieren.
Es war der Mann, den alle nur „den Russen" nannten, obwohl niemand seine Nationalität kannte. Niemand wusste, wie er wirklich hieß, aber sein Ruf war legendär – und beängstigend. Wer seinen Weg kreuzte, endete nicht selten mit einem Stein am Fuß auf dem Grund eines Sees.
Der Mann bewegte sein Nachtsichtgerät zum nächsten Bootsinsassen hin. Ein Hüne mit jüngeren Gesichtszügen und stämmiger Figur. Ein Mitläufer, wie es schien. Keine große Nummer. Aber „der Russe" behandelte ihn, wie seine Gesten vermuten ließen, mit einer gewissen Sympathie und nicht, wie üblich, mit kalter Arroganz. War der Hüne vielleicht sein Sohn?
Der Mann senkte sein Fernglas und lächelte. Er hatte den schwachen Punkt des „Russen" gefunden.

Kapitel 2

Am nächsten Tag ließen die beiden Jungen ihre Badesachen zuhause. Das Frühstück wurde mehr so nebenbei inhaliert. Kurz darauf radelten sie durch den Wald, vorbei an der Badestelle und hin zum kleinen Fährhafen.
David stand auf der Fähre und starrte aufs nahe Ufer der Insel, in der Hoffnung, etwas Verdächtiges zu sehen. Doch außer einem Reiher, der durchs Wasser stakste, war nichts Ungewöhnliches zu entdecken, und das einzige Geräusch kam von einem Pfau, dessen schrilles Kreischen die Stille zerriss. Kein Verbrecher weit und breit.
Zehn Minuten später waren sie auf der Insel und mussten sich zusammenreißen, in normalem Tempo loszuwandern. Am liebsten wären sie gerannt, aber Detektive auf Verbrecherjagd würden sich eher anschleichen. Also suchten sie den Weg, der dem Ufer am nächsten lag. Sie hatten sich nach einem Blick auf die große Karte, die auf einem Schild an der Fährstelle befestigt war, darauf geeinigt, dass sie ihr Ziel leichter finden würden, wenn sie das Ufer im Blick behielten.
Zum Brunnen mit der großen Fontäne machten sie dann doch einen kleinen Abstecher – Detektivarbeit hin oder her. Danach schlenderten sie zum Pfauengehege und der Voliere. David wanderte stumm, den Blick nach rechts gewandt. Er war voll und ganz auf seine Aufgabe konzentriert. „Noch nicht weit genug", murmelte er nach einer Weile. „Ich kann die Badestelle am anderen Ufer noch nicht sehen".
Trotz des Sommerwetters waren nur wenige Menschen auf den Wegen der Insel unterwegs. David und Moritz war das ganz recht, denn immer wieder wichen sie ein paar Schritte vom Weg ab in Richtung Wasser, um zu sehen, wie weit sie noch gehen müssten. Dabei hatten sie keine Lust, sich von Fremden anzuhören, dass man die Wege auf der Pfaueninsel nicht verlassen darf. Die Verbrecher – wenn es denn welche waren – hatten sich ja auch nicht daran gehalten!

David spürte Herzklopfen, als sie weitergingen. So also fühlten sich Detektive bei der Arbeit, dachte er. Sie wussten nie, was sie erwartete, es konnte gefährlich werden, und am Ende saßen die Bösewichte im Gefängnis. Jedenfalls kannte er es so aus seinen Büchern und aus dem Fernsehen.

Nach einer Weile kamen sie an eine Brücke mit einem kleinen, fast ausgetrockneten Teich auf der linken Seite. Vor ihnen, mit Blick zum Ufer, stand das merkwürdigste Haus, dass sie je gesehen hatten. Statt Putz oder Ziegel trug es Baumrinde an der Fassade. Eine Reihe von Fenstern saß auf halber Höhe des etwa würfelförmigen Gebäudes mit dem flachen Dach.

Ein Schild vor dem Haus erklärte, was es damit auf sich hatte: In diesem Gebäude, das den ulkigen Namen „Beelitzer Jagdschirm" trug, hatten sich in alten Zeiten die königlichen Jagdgesellschaften aufgehalten, das Wild beobachtet und durch Schießscharten auf die ahnungslosen Tiere angelegt, die vermutlich gedacht hatten, das Haus wäre ein überdimensionaler Baum.

David klopfte vorsichtig auf die Eichenborke. „Echt", stellte er fest und spähte durch eine der schmalen Schießscharten. Dahinter war es dunkel. Nur schemenhaft konnte er einen beinahe leeren Raum erkennen.

Zum Raum darüber führte von außen eine Holztreppe, die David nun erklomm. Doch die Tür war verschlossen, und die Fenster waren zu weit weg von der Treppe, als dass er hätte hindurchsehen können. David zuckte mit den Schultern und stieg wieder herunter. Hier waren die Männer von gestern vermutlich nicht gewesen, es sei denn, sie hatten einen Schlüssel. Er ging zur Uferseite des Hauses und blickte aufs Festland. „Immer noch nicht weit genug", stellte er fest, und Moritz nickte. Über eine gebogene Brücke und vorbei an einer mächtigen, ausladenden Eiche mit mehreren Stämmen wanderten sie weiter, langsamer jetzt, weil David wieder und wieder vom Weg abging und versuchte, das andere Ufer zu sehen. Bald erreichten sie eine Lichtung, und diesmal kehrte David mit strahlenden Augen vom Ufer zurück. „Hier muss es sein!", rief er.

„Bist du sicher?"

„Ja, man kann die Badestelle gut sehen, es muss hier gewesen sein." David klang überzeugt.

„Und jetzt?"
David überlegte. „Wir sollten uns aufteilen. Jeder sucht einen Streifen ab und guckt, ob er Spuren sieht."
„Spuren?" Moritz sah ihn fragend an.
„Naja, vielleicht Fußabdrücke oder so", sagte David,
„Ah, oder aufgeworfene Erde."

Die beiden Jungs suchten sich Streifen von einigen Metern Breite und gingen los, aufs Ufer zu.
David spazierte mit winzigen Ameisenschritten, den Blick fest auf den Boden geheftet. Keine Unebenheit entging ihm, kein Loch im Boden. Aber alles, was er entdeckte, waren ein paar Mäuselöcher. Nichts, das auf Menschen hindeutete. Bis er auf einem Stück Boden, das nicht mit Gras bedeckt war, einen großen Fußabdruck entdeckte. Sein Herz machte einen Sprung. Nur ein kleines Stück entfernt befand sich ein weiterer. Und ein dritter. David untersuchte das Profil. Wanderschuhe. Tief ins Erdreich gedrückt. Entschlossen zog er sein Handy aus dem Rucksack und machte Fotos.
„Hast du etwas gefunden?", rief Moritz und kam zu ihm.
„Hier war jemand", sagte David und zeigte auf die Fußspuren. Sie musterten die Abdrücke. „Ein schwerer Mensch", meinte Moritz.
„Oder einer, der etwas Schweres getragen hat", überlegte David.
„Und groß", ergänzte Moritz. „Das hier sieht nach Schuhgröße 50 oder so aus."
Es waren jedenfalls die größten Abdrücke, die er je gesehen hatte.
David beäugte die Spur. „Das muss die Stelle von gestern sein. Aber was wollten die hier in der Nacht?"
„Lasst uns noch weiter suchen", schlug Moritz vor, „und immer auch an den Bäumen gucken, vielleicht gibt es irgendwo ein Loch oder so." Vor seinem geistigen Auge sah er ein Baumversteck wie jenes in Pippi Langstrumpfs Garten. Das, in dem immer dicke Goldmünzen lagen.
Sie suchten weiter. Plötzlich hörten sie leise Stimmen und bewegten sich eilig auf den Weg zurück. Gerade noch rechtzeitig, denn wenig später kam ein älteres Ehepaar den Weg entlang.
Die beiden beobachteten das Paar unauffällig und begannen weiterzusuchen, sobald die Spaziergänger außer Sichtweite waren. Eine halbe Stunde, fünf weitere Fußabdrücke und drei herumliegende Bonbonpapiere später kehrten sie auf den Weg zurück. Sie beschlossen, noch ein Stück weiter zu gehen und dort auch zu suchen – so ganz genau konnten sie die Stelle vom Strand aus ja nicht sehen.

„Ich habe Hunger", meldete sich Moritz. „Lass uns eine Pause machen. Auf der Liegewiese darf man picknicken."

David sah ein bisschen enttäuscht aus, weil er viel lieber weitergesucht hätte, aber auch sein Magen knurrte so kräftig, dass er seufzte und zustimmte.

Auf der Liegewiese packten sie Limonade, Brote und einen Tomatensalat von Moritz' Mutter aus und hielten Kriegsrat. „Fußspuren gibt es viele, aber sonst nichts. Was wollten die auf der Insel?", rätselte Moritz. „Vielleicht haben sie ja etwas verloren, einen Hausschlüssel oder so?"

David starrte ihn an. „Aber warum sollten sie im Dunkeln danach suchen? Das kommt mir komisch vor."

Moritz nickte zustimmend. „Mir auch. Das sah schon sehr verdächtig aus."

Nach ihrer Pause kehrten sie auf den Weg nahe der Lichtung zurück. David wollte gerade in Richtung Ufer gehen, als ihn Moritz am Arm packte. „Da sitzen Leute auf einer Bank", wisperte er. Die Bank stand ein Stück entfernt, aber das Paar, das dort saß, hatte einen guten Blick auf die Lichtung. Keine Chance, ungesehen weiterzusuchen.

„Was hältst du davon", meinte Moritz, „wenn wir den anderen Weg zur Meierei nehmen und dann auf dem Rückweg wieder hier vorbeikommen?"

Kapitel 3

Hakendamm in Nowawes, Sommer 1679

Johann Kunckel starrte das Glas an. Er sah nicht die zierliche Form des Sockels, nicht den gerade geformten Rand. Ihn interessierte in diesem Augenblick nur das Rot. Dieses unverwechselbare, intensive Rubinrot, an dem er so lange experimentiert und das er nun auf Wunsch des Kurfürsten ein bisschen dunkler gemacht hatte.

Noch war das Glas zu warm, um es mit bloßen Händen zu berühren, aber die Farbe, auf die der Glasmacher so sehr hoffte, hatte es schon angenommen.

Kunckel hütete die Rezeptur für sein Rubinglas wie einen Schatz, und ein Schatz war das Glas tatsächlich. Der Kurfürst, der seinem Geheimen Kammerdiener Kunckel sehr wohlgesonnen war, hatte schon bei den vorherigen Versuchen zufrieden genickt. Diesmal aber, da war sich der Glasmacher sicher, würde er begeistert sein.
20 Jahre lang hatte Kunckel experimentiert, hatte der zähen Masse Phosphor hinzugefügt, jenes chemische Element, das erst zehn Jahre zuvor vom Alchemisten Hennig Brand entdeckt worden war. Brand hatte bei seinen Versuchen, den legendären Stein der Weisen herzustellen, Urin vollständig eingedampft. So entstand Phosphor, das Brand „kaltes Feuer" nannte, weil es so leicht entzündlich war.
Kunckel ahnte, dass dieses Element auch bei der Glasherstellung von Nutzen sein könnte. Außerdem hatte er Zinn verwendet und schließlich Versuche mit Goldstaub unternommen, um dann mit den Temperaturen zu arbeiten. Die Experimente mit schon ausgekühlter Glasmasse, die er noch einmal angewärmt hatte, schienen die bisher besten Ergebnisse gebracht zu haben, die Farbe war perfekt.
Kunckel nutzte jede freie Minute für Experimente, diese aber waren selten, denn die Auftragsbücher waren extrem gut gefüllt.
Für die Brandenburg-Guineasche Compagnie sollte er Kristallglas- und Hohlperlen produzieren, die in Afrika als Zahlungsmittel eingesetzt wurden, für den Kurfürsten waren es zierliche Porträtmedaillons und zwischendurch auch grüne Gläser. Und er stellte die herrlichsten Glasknöpfe her – sie gehörten zu seinen persönlichen Lieblingsstücken. Das Rubinglas aber sollte Kunckels Meisterstück werden, sein Weg zu Ruhm und Wohlstand.
Der Glaskünstler sollte recht behalten. Als er dem Kurfürsten einige Tage später einen Besuch abstattete, war dieser von dem intensiv leuchtenden Glas äußerst angetan – und sorgte dafür, dass Kunckels Auftragsbücher noch voller wurden. Viele der Bestellungen gingen direkt an den Hof, denn der Kurfürst hatte eine ausgeprägte Vorliebe für schöne Dinge.
Als Zeichen seiner Anerkennung vermachte der Kurfürst Kunckel im Jahre 1685 eine ganze Insel mitten in der Havel. Man nannte sie Pfauenwerder.
Kunckel liebte das Eiland, das Platz genug für eine große Glashütte bot, die er am Ostufer erbauen ließ. Aber dabei beließ er es nicht: Er schuf noch ein zweites,

etwas kleineres Laboratorium, das er nahe der Glashütte ein paar Meter tief in der Erde versenkte, sodass nur durch drei kleine Fenster direkt unter der Decke Licht in den Raum fiel. Es war sein Refugium, in dem er sich seiner Leidenschaft, der Alchemie, widmete. Die Insel war ein Glücksfall für den Glaskünstler, denn sie lag so abgeschieden, dass der Meister bei seinen Experimenten ungestört blieb.

Der Kurfürst verfügte sogar, dass niemand außer Kunckel die Insel betreten durfte. Mit einer weiteren Ausnahme freilich: Er, der Kurfürst, ließ sich regelmäßig mit einem Ruderboot zur Insel bringen, um sich von den Fortschritten seines Geheimen Kammerdieners mit dem Glas unterrichten zu lassen.

Kunckel stürzte sich in Arbeit. Er hatte das Ziel, wahre Luxusgläser herzustellen. Und so entstanden im Laufe der folgenden Jahre unter seinen Händen zierliche Pokale mit elegant gebogenen Henkeln, Pokale mit Deckeln, Teekännchen und immer wieder buntschillernde Perlen und zarte Gläser.

Kaum zu glauben, dass man für solche Pracht nur Sand, Holz, Pottasche und ein paar weitere Zutaten benötigte, die der Glaskünstler sogar vor dem Kurfürsten geheim hielt. Die Grundstoffe gab es in der Umgebung in Hülle und Fülle. Das aber, was Johann Kunckel aus ihnen herstellte, war eines Königs würdig.

Der Kurfürst wusste genau, was er mit dem Rubinglas anfangen wollte. Einige Stücke wurden zu Staatsgeschenken, andere fanden sich auf der kurfürstlichen Festtafel wieder, nicht wenige auch als Kettenanhänger auf der Brust seiner Gattin. Und Kunckel stieg zum bedeutendsten Glasmacher der Barockzeit auf. Seine Gläser wurden mit denen aus Böhmen und Italien verglichen und tatsächlich so gehandelt, als seien sie pures Gold.

Wer damals den Blick auf die Insel richtete, sah sie oft in Rauch gehüllt. Dicker, grauschwarzer Dampf lag über der Glashütte, und mancher schwor, er habe den einen oder anderen explosionsartigen Knall gehört. Dass oft spätnachts noch Licht hinter den kleinen Fenstern der Glashütte herumgeisterte, erzählte man sich – und das war für leichtgläubige Nachbarn der Beweis: Auf der Insel ging es nicht mit rechten Dingen zu – hier musste Zauberei im Spiel sein.

Hatte sich dieser Kunckel mit dunklen Mächten eingelassen? Werkelte er vielleicht an bösen Zaubertränken? Einige munkelten, der Alchemist sei auf der Suche nach *oder sogar im Besitz von Lapis philosophorum, dem geheimnisumwobenen Stein der Weisen, der unedles Metall in Gold oder Silber verwandeln und seinem Besitzer ewige Jugend schenken sollte.*

Der Kurfürst, der sich um derlei Gerede nicht kümmerte, hätte das Betreten der Insel gar nicht verbieten müssen – das, was dort augenscheinlich geschah, hielt auch die neugierigsten Menschen davon ab, sich dem Pfauenwerder zu nähern. Was, wenn die schwarze Magie auf Eindringlinge überging?

Sie konnten ja nicht ahnen, dass sie mit ihren Vermutungen gar nicht so verkehrt lagen. Von der schwarzen Magie mal abgesehen …

Kapitel 4

David starrte noch einmal missmutig auf die Bank. Das Paar darauf sah tatsächlich nicht so aus, als ob es so schnell aufstehen würde. Die Jungen mussten also weitergehen zu der Weide mit den neugierigen Schafen und den mächtigen Wasserbüffeln, die die Kinder komplett ignorierten und sich stattdessen ihrer Mahlzeit aus fettem Gras widmeten.

Die beiden Freunde passierten Backsteinhäuser und einen Pferdestall. Wenig später standen sie vor einem schmutzig-weißen Bau mit hohen Fenstern, der von außen ein bisschen aussah wie eine Kirchenruine, die Meierei. Viel konnte man nicht sehen und das Gebäude war verschlossen. Aber Moritz, der schon

mal mit der Schulklasse auf der Insel gewesen war, wusste, was hinter der Tür lag: Er erinnerte sich an einen Kuhstall, eine Molkereistube mit Butterfass und ein paar Holzformen, in die früher flüssige Butter gefüllt wurde. „Sogar Königin Luise von Preußen hat angeblich dort Kühe gemolken und Butter gemacht", erinnerte sich Moritz. „Als Hobby."
David hatte keinen Blick für die Architektur und die Könige waren ihm egal. Er ging an den Mauern der Meierei entlang, auf der Suche nach einer Nische oder einer Tür, hinter der man etwas verstecken konnte. Aber er konnte nichts finden. Auch auf der Wiese ein Stück weiter sah er weder eine Scheune noch eine Abdeckplane oder etwas in der Art.
Mit der linken Hand fuhr er gedankenlos am rauen Mauerwerk der Meierei entlang, während er seinen Blick aufs Ufer gerichtet hielt. Er lief automatisch, ohne auf seine Schritte zu achten. Als seine Hand etwas Kühles streifte, stockte er.
Ein Schlüssel – in einer Ritze im Mauerwerk! David hätte ihn gar nicht bemerkt, wenn seine Finger nicht daran hängengeblieben wären. Der Junge schaute sich vorsichtig um, aber der Weg war menschenleer.
Und so griff David mit spitzen Fingern nach dem Schlüssel. Er war ziemlich dick und aufwändiger gearbeitet als die Schlüssel, die er bisher gesehen hatte. Eine dünne Schicht Rost bedeckte die Oberfläche, aber David war sicher, dass der Schlüssel noch funktionieren würde. Wieso steckte er ausgerechnet in einer Mauerritze? Und in welches Schloss passte er? Sein Herzschlag beschleunigte sich. Endlich eine Spur!
Er steckte seinen Fund in die Hosentasche und ging entschlossen auf die Eingangstür der Meierei zu. Diese Tür war ja schließlich die nächstgelegene.
Aber dann hörte er Stimmen. Viele Stimmen. Eine Reisegruppe war schon zu nahe herangekommen, als dass er wagen könnte, den Schlüssel ins Schloss zu stecken. David warf der Tür einen prüfenden Blick zu und ging dann seufzend zu Moritz zurück.
Der sah ihn fragend an. „Hast du was gefunden?", wollte er wissen. David nickte und zeigte den Schlüssel.
„Wo lag der denn?", fragte Moritz.

David erklärte, wo er den Schlüssel gefunden hatte. Dann wies er auf die Reisegruppe, die immer näher kam. „Ich konnte nicht ausprobieren, ob er auch passt."
„Komm", raunte Moritz und ging voran in Richtung Tür. David folgte ihm, die Hand in die Hosentasche geschoben. Moritz stellte sich neben David und verdeckte ihn. „Los!"
David zog den Schlüssel aus der Tasche und versuchte, ihn in das Schloss zu stecken. Er schüttelte enttäuscht den Kopf. „Passt nicht!"
Sie betrachteten den Schlüssel. „Der kann gar nicht passen", meinte Moritz, „es ist ein ganz anderes Schloss."
David nickte. „Der Schlüssel sieht aber jedenfalls alt aus." Er steckte den Fund in seinen Rucksack.
Sie überlegten, wozu der Schlüssel passen könnte. „Bestimmt gehört er zu einem der Backsteinhäuser an der Meierei", meinte Moritz.
David schüttelte den Kopf. „Glaube ich nicht", meinte er, „das sieht mehr nach Scheunen oder so aus, die haben bestimmt ganz andere Schlösser. Nicht so kleine, sondern welche mit richtig dicken Schlüsseln."
Moritz nickte. Das klang logisch.
Im Moment, so stellten sie mit einem Blick fest, hätte es ohnehin keinen Sinn, andere Schlösser in der Umgebung auszuprobieren. Die Besuchergruppe hatte sich mittlerweile rund um die Meierei verteilt und war eifrig dabei, Fotos zu machen. Ein Stück entfernt sahen sie schon die nächste Gruppe. Wenn sie nicht beobachtet werden wollten, mussten sie warten oder später wiederkommen.
So spazierten sie weiter, wieder auf die Wiese zu, auf der sie vorhin Spuren gesucht hatten. Sie ließen das Stimmengewirr der Reisegruppe hinter sich.
„Warum steckte der Schlüssel in einer Mauerritze? Das ergibt doch keinen Sinn", überlegte David.
„Meine Eltern verstecken unseren Hausschlüssel auch immer in einer Mauerspalte am Haus", sagte Moritz.
„Na ja, aber die Meierei ist ja kein Wohnhaus. Und passen tut er dort auch nicht", gab David zu bedenken. Er würde in den nächsten Tagen noch einmal herkommen und sich die Schlösser der anderen Gebäude nahe der Meierei

ansehen. Sicher war sicher. Denn warum sollte jemand einen Schlüssel an der Wand eines Hauses verstecken, wenn das dazugehörige Schloss nicht in der Nähe war?
Nun hatten sie den Abzweig zum Luisentempel erreicht, einem Bauwerk, das sie von der Meierei aus schon gesehen hatten. Eines ohne Tür, wie die Jungen sofort feststellten – hierzu gehörte der Schlüssel also sicher nicht.

Sie kehrten zum Hauptweg zurück. „Jetzt sind wir bald wieder an der Wiese", murmelte David. Er sah sich um und beschloss, von hier aus ein Stück vom Weg entfernt weiterzusuchen. Moritz schloss sich ihm an.
Nach wenigen Metern konnten die Jungen den Hauptpfad kaum noch sehen, so dicht war das Gebüsch. Moritz wandte sich nach rechts und begann zu suchen, David ging noch ein paar Schritte weiter und tat es seinem Freund nach. Sie richteten ihre Blicke auf den Boden, betrachteten Hecken und suchten nach irgendetwas, das nicht hierher gehörte. Nichts. Keine Fußspuren, noch nicht einmal Bonbonpapier. Plötzlich wurden Davids Augen ganz groß. Etwa zehn Meter von ihnen entfernt lief ein Mann durchs Gebüsch und starrte sie an.
David und Moritz warfen einander einen Blick zu. David nickte nach rechts, und beide bewegten sich rasch auf den Weg zu. Bevor sie beschließen konnten, wohin es nun gehen sollte, kam der Mann aus dem Gebüsch und ging auf sie zu.
„Was macht ihr da?", fuhr er sie an. „Bleibt gefälligst auf den Wegen!"
David öffnete den Mund, um etwas zu sagen, aber der Mann war schon an ihnen vorbeigegangen. Als er sich noch einmal umdrehte, tat der Fremde das Gleiche und machte eine unanständige Geste. Aber es war sein eiskalter Blick, der David erstarren ließ.
„Weg hier", wisperte David und sein Freund ließ sich das nicht zweimal sagen. Sie spürten die Blicke des Fremden wie Speerspitzen im Rücken. Aber das konnte auch Einbildung sein. Keiner von ihnen wagte, sich noch einmal umzudrehen.

David starrte vor sich hin, während er weiterlief. Irgendwas stimmte hier nicht. Der Blick des Fremden war ihm durch Mark und Bein gegangen. Warum hatte er so unglaublich finster geguckt, obwohl sie sich nur ein paar Meter vom Weg entfernt hatten? „Vielleicht war es ein Wachmann, der hier arbeitet", überlegte er.
Doch Moritz schüttelte den Kopf. „Glaube ich nicht. Der hat sich viel zu komisch benommen. So, als hätte er etwas zu verbergen." Und mit seiner dunklen Hose, dem langärmligen dunkelgrünen Hemd und der Kapuze war er auch eher ungewöhnlich angezogen für einen warmen Sommertag.

„Er war sauer, weil wir ihn gesehen haben." David bremste seinen Stechschritt ein bisschen ab. Sie waren längst weit von dem unheimlichen Fremden entfernt, wagten es aber nicht stehenzubleiben. Der Blick des Mannes verfolgte sie noch, als sie auf die Fähre stiegen. Erst am anderen Ufer hielten sie inne – nachdem sie sich vergewissert hatten, dass ihnen der Mann nicht doch gefolgt war.
„Der Typ war echt gruselig", sagte Moritz, als sie an den Fahrrädern angekommen waren. Das war die Untertreibung des Jahres! David war sicher, dass der Mann etwas mit dem Licht gestern Abend zu tun gehabt hatte. Und dass dort wirklich etwas Kriminelles im Gange war.
„Was machen wir jetzt?", wollte Moritz wissen. „Polizei?"
„Was wollen wir denen denn sagen?", fragte David und befestigte sein Fahrradschloss hinter dem Sattel. „Dass wir ein Licht gesehen haben und von einem komischen Typen angemotzt wurden, weil wir den Weg verlassen haben? Die lachen uns aus."
Sie sahen sich nachdenklich an. David hatte recht. Aber vielleicht gab es im Internet ja Auskunft über Verbrechen in der Nähe.

Moritz setzte sich an seinen Computer. David tat dasselbe bei sich zu Hause.
Überfälle auf eine Bank und einen Juwelenhändler, ein aus einer Galerie verschwundenes Gemälde, eine Entführung, ein Bankeinbruch durch einen Tunnel und zehn geklaute Luxusautos – das war die aktuelle Bilanz.
Beide Jungen zerbrachen sich den Kopf, ob eines dieser Verbrechen mit dem Mann auf der Pfaueninsel zu tun haben konnte. Hatte jemand irgendwo auf der Insel Diebesgut versteckt? Oder gar einen entführten Menschen?

Kapitel 5

Pfaueninsel, 1686

Gold ist ein außergewöhnliches Metall. Wenn man es zum Schmelzen bringt, und dafür sind 1064 Grad Celsius nötig, wird es grün. Man kann es mit einer Reinheit von 99,9999 Prozent herstellen, aber es bildet auch Legierungen mit Platin, Silber und Kupfer. Außerdem ist es gut zu verarbeiten: Man kann es zu hauchzarten Folien von nur 0,0001 Millimeter Stärke walzen und in die unterschiedlichsten Formen gießen. Es ist weich, aber trotzdem können ihm Luft, Wasser und Säuren nicht schaden.

Dennoch gibt es Möglichkeiten, das edle Metall zu verändern. Es löst sich in Chlorwasser und einer „Königswasser" genannten Mischung aus Salpeter- und Salzsäure unter Bildung von Goldchlorid, und wenn man es mit Quecksilber in Verbindung bringt, entsteht Goldamalgam.

All diese Informationen hatte Johann Kunckel im Kopf – immerhin beschäftigte er sich seit seiner frühesten Jugend mit dem edlen Metall. Jetzt hielt er eine Goldmünze in der Hand, die er vor einiger Zeit gekauft hatte – als Mahnung an sich selbst. So sah es aus, sein Lebensziel, und Kunckel betrachtete die kleine Münze jeden Tag.

Es ist erstaunlich, wie bedeutend Gold schon in alten Zeiten war. Kunckel kannte die Geschichten über die Sammler, die bereit waren, ihre Großmütter umzubringen, nur um ein Fitzelchen des edlen Metalls zu bekommen. Und er kannte einige der prächtigen Stücke, die der Kurfürst in seiner Schatzkammer aufbewahrte. Schmuckstücke aus uralten Zeiten, die einmal an den zarten Handgelenken vornehmer Damen gehangen oder die Gürtelschnallen von Kriegern geschmückt hatten.

Auch er, Kunckel, konnte sich der Faszination des schimmernden Metalls nicht entziehen. Er hatte zwar selbst nie im eisigen Wasser von Gebirgsbächen gestanden, um Gold zu waschen, aber er kannte die Verhandlungen um den Wert großer Klumpen, die an den Höfen geführt wurden. Das Gold, das er selbst besaß, hatte hauptsächlich die Form von Münzen. Sein wertvollstes Stück war ein

Rheingold-Dukat, der mit der Umschrift „Ex auro Rheni" versehen war – aus Gold gefertigt, das im Rhein gefunden worden war. Kunckel hütete diesen Schatz, und jedes Mal, wenn er ihn betrachtete, wurde seine Sehnsucht, selbst Gold herzustellen, noch ein bisschen größer.

Das Rubinglas liebte er, aber Gold beschäftigte seinen Geist so unablässig, dass er manchmal gepeinigt aufwachte, weil er im Traum beim Versuch, Gold herzustellen, wieder an ein Hindernis gestoßen war.

Es gab viele Menschen, die dem Sog des Goldes verfallen waren. Die Aussicht, sehr reich zu werden, veranlasste einige davon, Metalle herzustellen, die zwar aussahen wie Gold, aber keines waren. Die meisten dieser Menschen endeten am Galgen, weil ihr Betrug zu offensichtlich war.

Kunckel war schon vom Kurfürsten herbeigerufen worden, um die Echtheit eines Beutels voller Gold zu bestätigen. Der bedauernswerte Dummkopf, von dem der Beutel kam, hatte das Gold allerdings mit Silber „gestreckt", ohne daran zu denken, dass das spezifische Gewicht von Gold beinahe doppelt so hoch war wie das von Silber – es war ein Leichtes gewesen, die Fälschung nachzuweisen.

Kunckel selbst hatte keinerlei Absicht, falsches Gold herzustellen. Ein bisschen hatte er experimentiert, aus Neugier. Aus einem dieser Experimente – ein kompliziertes Verfahren mit Salzlösung und destilliertem Wasser – war goldfarbenes Silber hervorgegangen. Aber dieses „Gold" war nicht das, was Kunckel vorschwebte. Ihm ging es um das wahre, das echte Gold. Und er war fest entschlossen, es zu finden.

Für die Experimente rund um das Gold hatte der Glaskünstler zwar nur wenig Zeit, aber wann immer ein Auftrag vollendet war, öffnete er einen Schrank in seinem unterirdischen Laboratorium, in dem er all die Gerätschaften und Zutaten aufbewahrte, die ihn in einen Alchemisten verwandelten. Nicht einmal seine Frau, die mit ihm auf der Insel lebte, wusste von den Experimenten, die er dort durchführte – und wenn er es tat, hing die Luft im Laboratorium voller Träume.

Kapitel 6

David hatte neben der Recherche in den Polizeiberichten noch eine selbstgestellte Aufgabe. Er nahm den gefundenen Schlüssel aus dem Rucksack, säuberte ihn vorsichtig mit einem Tuch und legte ihn neben den Computer, um nach ähnlichen Schließwerkzeugen im Internet zu suchen.

Es war ein altmodisches Modell, rund, wo modernere flach und eckig waren, mit einem geschwungenen und verzierten Griff. Der Bart sah beinahe so aus, als bilde er einen Schriftzug in einer fremden Sprache.

An der Seite war ein Buchstabe ins Metall geritzt, ein „J". Zumindest fand David, dass es wie ein J aussah. Der Bart war ziemlich grob geschnitten – nicht so wie die, die er von seiner und Moritz' Haustür kannte.

Beim nächsten Besuch auf der Insel würde er sämtliche Schlösser in der Nähe der Meierei ausprobieren. Er war sicher, dass sein Fund ein Geheimnis barg – eines, das er lösen wollte. Warum sonst war der Schlüssel in einer Mauerritze verborgen gewesen?

Seine Suche nach ähnlichen Exemplaren im Internet brachte wenig. Die meisten Seiten gehörten zu Firmen, die historische Schließwerkzeuge verkauften – ein vergleichbarer war aber nicht darunter. Außerdem gab es ein paar Museen, die ihre wertvollsten Stücke vorstellten.

David betrachtete sein Exemplar noch einmal genau. Es war messingfarben und an einigen Stellen ziemlich zerfurcht. „Wo gehörst du hin?", fragte David den Schlüssel. Aber er bekam natürlich keine Antwort. Ohne nachzudenken, tippte er anschließend das Wort „Pfaueninsel" in seinen Computer ein. David fand unzählige Informationen über die Insel, die früher Kaninchen- und Pfauenwerder hieß und seit dem 17. Jahrhundert von den Kurfürsten genutzt wurde, und über die Bauwerke, die teilweise bereits als Ruinen erbaut worden waren, weil die Herrschaften das romantisch fanden. David schüttelte verständnislos den Kopf. Dann blieben seine Augen an einem Wort hängen: Alchemist.

Es war ein kurzer Text über den Glasmacher Johann Kunckel, der die Pfaueninsel 1685 geschenkt bekommen hatte und darauf eine Glashütte erbauen ließ.
Glas klang nicht wirklich spannend, aber was da über Kunckel stand, ließ David staunen: Es hieß nämlich, dass der Mann mit Elixieren experimentiert haben soll. Sogar von schwarzer Magie und dem Stein der Weisen war die Rede. Das war ja nun mal interessant! Diesen Stein kannte schließlich jeder, der „Harry Potter“ gelesen hatte. Es war, so las David im Internet, der Stein, den die Araber „El Iksir“ nannten, woraus später das Wort „Elixier“ entstand. Vor allem aber war es der Stein, mit dessen Hilfe man unedle Metalle in Gold oder Silber verwandeln konnte. Und der ganz nebenbei noch jede Krankheit bezwingen und ewiges Leben verleihen sollte.
Atemlos überflog David die Texte. Den Stein der Weisen hatte er bisher für eine Erfindung der Harry-Potter-Autorin Joanne K. Rowling gehalten. Und den sollte es jetzt tatsächlich geben?
In den Text war eine kleine Karte der Pfaueninsel eingefügt. David warf einen Blick darauf und riss die Augen auf: An der Ostseite war der Kunckel-Gedenkstein eingezeichnet – und das hieß, dass die Glashütte in etwa dort gestanden haben musste, wo sie die Fußspuren entdeckt hatten! Den Gedenkstein hatten sie überhaupt nicht bemerkt, als sie den Weg entlanggegangen waren.
David stellte sich vor, wie aus ganz gewöhnlichem Metall Berge von Gold und Silber wurden. Wer diesen Stein besaß, der konnte sich sämtliche Reichtümer der Welt praktisch selbst herstellen.
Für solch einen Stein würde so mancher ohne Skrupel Verbrechen begehen, da war sich David sicher und beschloss, beim nächsten Besuch auf der Insel noch vorsichtiger zu sein.
In dieser Nacht träumte er von bösen Blicken und wilden Verfolgungsjagden. Und von einem Stein mit unglaublicher Macht.

Kapitel 7

Pfaueninsel, 1686

Für Kunckel war es ein Segen, im Besitz einer Insel zu sein. Es gab dort hohe Bäume, reichlich Wasser zwischen sich und dem anderen Ufer und vor allem sehr viel Platz für eine geräumige Glashütte mit Regalen und Kammern, in denen er all das in großen Mengen lagern konnte, was er für die Glasherstellung benötigte. Es gab Platz für das Material, mit dem er arbeitete, für Arbeitstische, Öfen und, vor allem, um die fertiggestellten Glaskunstwerke abkühlen zu lassen. Herzstück war der große Brennofen, in dem er aus Quarzsand, Natriumkarbonat und ein paar Geheimzutaten das edle Glas herstellen konnte, das im intensivsten aller Rottöne leuchtete. Und es gab einen Raum, in dem er die besonderen Gläser aufbewahrte, die für die kurfürstliche Familie bestimmt waren.

„Stein der Weisen?" Moritz starrte David an, als sie sich am nächsten Tag bei David trafen. „Ist der nicht aus Harry Potter?"

David nickte. „Aber vielleicht gibt es ihn ja wirklich!" Er selbst konnte sich das zwar nicht so recht vorstellen, aber wer wusste das schon genau?

Moritz schüttelte den Kopf. „Glaub ich nicht."

„Aber der Glasmacher auf der Pfaueninsel hat scheinbar daran geglaubt", warf David ein. „Und seine Glashütte war genau da, wo wir die Fußabdrücke gefunden haben. Vielleicht sucht der Typ von gestern ja danach."

Moritz sah ihn mit großen Augen an. „Sag das nochmal!"

„Der Glasmacher hat an den Stein geglaubt", wiederholte David.

Aber Moritz fiel ihm ins Wort. „Ich meine den zweiten Teil."

„Das Labor war genau da, wo wir die Fußabdrücke gefunden haben".

Moritz nickte. Er glaubte nicht an machtvolle Steine, aber dass der Fremde ausgerechnet an dieser Stelle unterwegs gewesen war, das kam ihm doch etwas seltsam vor.

„Wir haben den Schlüssel und wissen ungefähr, wo der Mann in der Nacht unterwegs war", fasste David zusammen. „Was würdest du denn nachts auf einer Insel machen, wenn du ein Verbrecher wärst?"

Moritz überlegte. „Irgendwas verstecken. Oder etwas Verstecktes suchen", meinte er dann. David nickte. Das war auch sein Gedanke gewesen. Ganz klar, sie mussten weiter nach Spuren suchen, aber diesmal noch vorsichtiger sein.

David konnte es kaum erwarten. Er fühlte sich längst wie ein Nachwuchs-Detektiv. Oder wie Harry Potter – bloß ohne Zauberstab.

Kapitel 8

Pfaueninsel, Frühjahr 1688

Sehr lange konnte Kunckel sein Glück auf seiner Insel nicht genießen. Vor wenigen Wochen war der Kurfürst, Kunckels Wohltäter und wichtigster Fürsprecher, mit 68 Jahren verstorben. Zwar besaß Kunckel alle Unterlagen, die ihn als rechtmäßigen Besitzer der Insel ausgaben, aber er kannte auch den Ruf, den er in Berlin und Potsdam hatte. Viele Menschen betrachteten seine Experimente mit Argwohn. Sogar mit schwarzer Magie wurde er in Verbindung gebracht.

Der Nachfolger des Kurfürsten, der bisherige Kurprinz Friedrich, hatte keinerlei Interesse an schönen Gläsern und den Experimenten des Glasmachers. Bisher war das von Vorteil, denn Friedrich hatte keinerlei Anstalten gemacht, Kunckel auf der Insel zu besuchen, oder, schlimmer noch, ihn von dort zu vertreiben.

Der Alchemist war dennoch froh über sein unterirdisches Laboratorium, in dem er all seine Utensilien aufbewahren konnte. Es war verborgen genug, um ihm ein Gefühl von Sicherheit zu bieten. Dort verbrachte er reichlich Zeit mit seinen geheimen Experimenten.

Einige Alchemisten behaupteten, den Stein der Weisen gefunden zu haben. Kunckel gehörte zu seinem größten Bedauern nicht dazu. Und seine unzähligen Versuche, ihn selbst herzustellen, waren bisher kläglich gescheitert.

Umso aufgeregter war er, als er eines Tages einen Brief von einem Fremden erhielt, der offenbar etwas über diesen Stein wusste. Dieser Fremde hatte behauptet, im Besitz eines kleinen Stückes des Steins der Weisen zu sein. Mehr noch: Er war bereit, dieses Stück zu verkaufen – für einen exorbitanten Preis, versteht sich.

Es war ein grauer, verregneter Tag, an dem der Fremde eintraf. Der Mann trug einen langen, dunkelgrünen Reisemantel, den er auch nicht auszog, als er die vom Glasbrennen aufgeheizte Glashütte betrat.

Er war wortkarg und sehr darauf bedacht, seine Kapuze so tief ins Gesicht zu ziehen, dass es Kunckel unmöglich war, seine Züge zu erkennen. Der Alchemist wollte das

Geschäft so schnell wie möglich abschließen, den Stein in Empfang nehmen (sofern es denn wirklich der Stein der Weisen war) und mit neuen Experimenten beginnen.
Der Himmel war schon nachtschwarz, als der Fremde in ein Boot stieg, das ihn von der Insel brachte. Kunckel setzte sich in seinem Laboratorium an den Tisch, auf dem der kleine dunkelblaue Samtbeutel lag, den ihm der Mann übergeben hatte. Behutsam zog er die Schnur auf und griff ehrfürchtig nach dem Stein, für den er ein Vermögen ausgegeben hatte. Er war trotz seiner geringen Größe von nur etwa vier Daumennägeln erstaunlich schwer. Die rote Farbe konnte man nur erahnen. Der Stein ähnelte einem unbearbeiteten Granat mit ungleichmäßigen Kanten.
Dieser Stein also sollte Wunder vollbringen? Kunckel umfasste seine neue Errungenschaft mit den Händen und legte sie behutsam auf den großen Tisch. Zeit für Experimente. Er wollte die Bestandteile des Wundersteins herausfinden. Danach konnte er endlich seine Bemühungen fortsetzen, Messing in Gold zu verwandeln …

Kapitel 9

David und Moritz vergeudeten keine Zeit. Eine halbe Stunde nach ihrer Unterhaltung standen sie auf der Fähre zur Pfaueninsel. Davids Hand steckte in seiner Hosentasche und umklammerte den Schlüssel. Auf der Fahrt hatten sie beschlossen, auch am Jagdschirm, dem merkwürdigen, ganz mit Borke verkleideten Haus, zu probieren, ob er passte.
Wenig später hatten sie Gewissheit: Er passte nicht. David seufzte, aber er hatte schon damit gerechnet.
Die beiden spazierten zu der Stelle, an der sie am Vortag nach Spuren gesucht hatten. Am Wegrand fanden sie einen dicken Felsbrocken, in den Buchstaben eingeritzt waren: „Johann Kunckel erbaute 1685 sein Laboratorium auf dieser Insel – er stellte Phosphor und Rubinglas her", las Moritz. „Kein Wort vom Stein der Weisen", murrte er. Vielleicht war das ja doch ein Märchen.
Trotzdem schlugen sie sich ins Gebüsch und suchten nach – ja, wonach eigentlich? Steinresten vielleicht, denn ein bisschen war doch bestimmt vom Labor übriggeblieben. Aber die Steine, die sie fanden, waren ganz gewöhnliche Brocken, keiner von ihnen deutete auf eine Ruine hin.
Als sie aus dem Gebüsch zurück auf den Weg kamen, sahen sie noch ein Schild, das auf das Wirken Kunckels hinwies. Darauf zeigten Fotos zartes rotes Glas, und sie lasen, was der Glaskünstler auf der Insel getan hatte. Aber das Schild half ihnen nicht weiter.
„Komm, lass uns zur Meierei gehen und gucken, ob der Schlüssel irgendwo passt", versuchte Moritz, sich und seinen Freund aufzumuntern. Sehr glücklich sah David nicht aus, aber er setzte sich in Bewegung. Er steckte den Schlüssel in jedes Schloss, das sie finden konnten. Doch er passte nirgendwo.
„Und nun?" David war jetzt richtig enttäuscht Aber die Gebäude rund um die Meierei wurden offenbar noch genutzt, die Schlösser waren blank geputzt oder viel zu groß für den kleinen Schlüssel.

Davids Blick fiel auf ein niedrigeres Bauwerk, das wie ein ins Erdreich gebauter Keller aussah, von dem hauptsächlich das Dach zu sehen war. „Wenn ich ein Verbrecher wäre", murmelte er dann, den Blick fest auf das flache Backsteinhaus gerichtet, „würde ich meine Beute in so was unterbringen."
Moritz folgte Davids Blick. Das Haus sah nicht anders aus als die anderen. Bloß eben flacher. „Warum?", wollte er wissen.
David zuckte mit den Schultern. Er wusste nicht, warum, aber irgendetwas ging von dem Haus aus. Auch wenn der Schlüssel nicht passte.
„Ich weiß nicht", sagte er dann, und es klang bedrückt. „Es fühlt sich irgendwie passend an."
Wenig später kehrten sie enttäuscht zur Fähre zurück. „Glatter Misserfolg", stellte Moritz fest.
David warf dem Schlüssel, der sein Geheimnis einfach nicht preisgeben wollte, einen bösen Blick zu. Aber er würde nicht aufgeben. Jetzt erst recht nicht.

Kapitel 10

Unterirdisches Labor auf der Pfaueninsel, 1688
Johann Kunckel warf einen prüfenden Blick auf das Glasgefäß, das über einer offenen Flamme hing. Die Flüssigkeit darin, ein schmutzig-braunes Gemisch, tanzte in der Hitze, und aus der schmalen Glasöffnung stiegen Dämpfe, die nach fauligen Eiern und Essig stanken. Kunckel rümpfte nicht einmal die Nase, er hatte den Blick fest auf das Glas gerichtet.
Die Flüssigkeit veränderte nach und nach ihre Farbe und diesmal auch ihre Konsistenz. Sie wurde fester, dickflüssiger und hörte auf zu tanzen. Genau das hatte er erwartet.
Seit zwei Wochen experimentierte Kunckel nun schon mit dem Stein der Weisen. Er hatte winzige Mengen davon abgerieben und unterschiedliche Versuche gemacht.

Immerhin war es ihm gelungen, mit dem Steinstaub das Rot seines Rubinglases noch intensiver und leuchtender zu machen.
Aber für dieses Rot, so schön es auch war, hatte er nicht ein Vermögen ausgegeben. Ihm ging es um die anderen, die magischen Kräfte, die man dem Stein nachsagte – vor allem um die Macht, Gold herstellen zu können.
Das, was bei seinen Experimenten herausgekommen war, sah noch nicht einmal entfernt aus wie Gold. Ihm fehlte das Leuchten, die Weichheit, einfach alles. Aus Spaß hatte er die Ergebnisse seiner Experimente zu Rechtecken geformt, sodass sie ein bisschen Ähnlichkeit mit Goldbarren hatten. Und jetzt war er dabei, einen neuen, ganz anderen Versuch zu unternehmen.
Kunckel ging es nicht um Reichtum – die Insel, die er besaß, war ihm genug. Aber wenn ihm diese Verwandlung gelang, hätten seine endlosen Nächte mit Forschungen, dem Durchforsten uralter Schriften und den langen Zahlenreihen endlich den ersehnten Erfolg. Er wollte den BEWEIS erbringen, dass es möglich war, Gold herzustellen – und den Ruhm genießen, der folgen würde.
Kunckel sah sich schon als Ehrenmitglied der Alchemistengarde, jener verschworenen Gemeinschaft, die ihn, den Glasmacher, bisher nur mit Hochmut behandelt hatte.
Im Glas begannen kleine Partikel, nach unten zu sinken. Die bisher transparente Substanz vor ihm wurde undurchsichtig. Kunckel wartete noch eine Weile, dann ergriff er das Gefäß vorsichtig mit einer Eisenzange und schüttete eine kleine Menge der leicht zäh gewordenen Masse in eine Schale. Dem Rest im Glas fügte er noch eine kleine Menge Phosphat hinzu, rührte es mit einem langen Glasstab unter die Masse und stellte das Glas wieder auf die Feuerstelle.
Er betrachtete den Inhalt der Schale und klopfte mit seinem Glasstab darauf. Die Masse war noch nicht ganz fest, und sie begann, heller zu werden. Von einer goldenen Farbe war sie allerdings noch sehr weit entfernt. Doch Kunckel hatte vor, die Masse nach dem Abkühlen noch einmal zu erhitzen. Das Verfahren war eines seiner Erfolgsrezepte bei der Herstellung seines berühmten Rubinglases – warum sollte er das nicht auch bei der VERWANDLUNG versuchen?
Längst hatte sich die Dunkelheit über die Insel gelegt, aber Kunckel stand immer noch in seinem Laboratorium und prüfte die hellbraune Masse in der Schale. Er hatte

sie schon zweimal neu erwärmt, ohne dass sie wieder ganz flüssig geworden war. Jetzt war sie kalt genug, dass er sie mit einer Zange vorsichtig aus der Schale lösen konnte. Er legte sie auf einen flachen Stein, wo sie komplett auskühlen sollte.
Nachdenklich betrachtete er die Substanz, die immer noch rostbraun, aber weiterhin dabei war, ihre Farbe zu ändern. Eine Seite war dunkler, eine andere nahezu glasklar. Und in der Mitte sah er etwas, das glänzte. Oder war das die Müdigkeit, die ihm Halluzinationen bescherte?
Seufzend beschloss Kunckel, sein Werk für diesen Tag zu beenden. Ganz gleich, wie gespannt er war: Er war Experte genug, um zu wissen, dass es noch einige Stunden dauern würde, bis die Masse vollkommen abgekühlt war. Bis dahin war alles möglich, und tun konnte er nichts. Morgen, bei Tageslicht, würde er mehr wissen.

Kapitel 11

David starrte den Schlüssel wütend an. „Ich will wissen, wo du hingehörst", knurrte er. Lautlos, denn noch war Moritz bei ihm und hätte sich über seinen Ausbruch lustig gemacht.
Er zerbrach sich den Kopf darüber, warum der Schlüssel gerade dort an der Mauer der Meirerei, wo ihn theoretisch jeder hätte finden können, gehangen hatte.
Das Gebäude mit dem passenden Schloss muss in der Nähe sein, dachte David, alles andere wäre unlogisch. Was aber, wenn es ein Schloss IN einem der Gebäude war?
David seufzte tief.
Als er ins Bett ging, legte er den Schlüssel neben sich auf den Nachttisch. Gleich morgen würde er weitersuchen.

* * *

Das Gesicht des Mannes war gerötet, als sei er gerade aus der Sauna gekommen. Seine dunklen, schulterlangen Haare klebten ihm schweißnass an der Stirn. Die Augen blickten unstet und ein bisschen nervös.
In der Hand hielt der Mann einen Schlüssel. DEN Schlüssel.
David erstarrte. Er war vollkommen sicher, diesen Schlüssel würde er überall wiedererkennen. Den Mann dagegen hatte er noch nie gesehen.
Der Mantel des Fremden war dunkelbraun, die Hosen weit, die Schuhe konnte David in der Dämmerung nicht sehen. Auf dem Kopf trug der Mann einen altmodischen Hut. Er zog ihn tiefer in die Stirn und fixierte den Schlüssel in seinen Händen. Und dann einen Punkt hinter dem Jungen.
David drehte sich um. Nichts. „Ähm – guten Tag?", sagte er.
Keine Reaktion, nicht einmal ein Zwinkern. Der Mann schien durch David hindurchzusehen. Dann drehte er sich um und begann langsam loszugehen.
Seltsam. David sah ihm nach. Nach einer Weile hielt der Fremde inne, wandte den Kopf nach hinten und machte eine Bewegung, die David als „komm endlich" interpretierte. Aber der Mann hatte ihn doch gar nicht gesehen. Oder etwa doch?
David wusste nicht, warum er es tat, aber er setzte sich in Bewegung und folgte dem Fremden, der mit entschiedenen Schritten auf etwas zuging, das nur er zu sehen schien.
David hatte große Mühe mitzuhalten. Der Mann ging so schnell, dass alles neben dem Weg zu verschwimmen schien – aber David hatte keine Zeit, sich darüber zu wundern.
Immer, wenn er kurz davor war, aus Davids Blickfeld zu verschwinden, blieb der Mann stehen und wandte für einen Augenblick den Kopf in Davids Richtung. Aber so sehr sich der Junge auch bemühte hinterherzukommen – ein gewisser Abstand blieb immer zwischen ihnen. Der Mann bog mal links, mal rechts ab und strebte weiter auf sein Ziel zu. Endlich blieb er stehen und zog den Schlüssel aus der Tasche. Sekunden später war der Fremde verschwunden.
David blieb wie angewurzelt stehen und sah sich nach allen Seiten um. Wo war der Mann hingegangen? Er konnte sich doch nicht in Luft aufgelöst haben?

Alles, was David sah, waren Bäume. Keine Spur von einem Mann mit langem Mantel.
Er war kurz davor kehrtzumachen, als ihm ein dünner Lichtschimmer auffiel. David ging darauf zu. Wenig später stand er direkt vor einem dicken Baum. Und das Licht kam aus einem schmalen Schlüsselloch.
Ein Schlüsselloch in einem Baum??
Ein schlurfendes Geräusch erweckte Davids Aufmerksamkeit. Es schien aus dem Baum zu kommen. Das wurde ja immer verrückter!
Er drückte sein Ohr gegen das Holz und lauschte. Da war es wieder! Es klang wie Schritte.
David presste den Kopf an den Stamm, um besser hören zu können – und stürzte ins Leere. Mit einem dumpfen Geräusch landete er auf den Knien und sah sich um.
Er musste IM Baum gelandet sein! Das Schlüsselloch! Es musste zu einer Tür gehören, die nachgegeben hatte, als sich David dagegen lehnte. Und danach war sie wieder zugefallen.
Er drehte sich um und entdeckte das Schlüsselloch. Ein Stück entfernt sah er einen Lichtschein. Aus dieser Richtung konnte er auch das Geräusch wieder hören. Es war leise, aber deutlich zu vernehmen. Schritte. Es klang, als ob jemand eine Treppe hinabstieg. Das erklärte dann auch das weniger werdende Licht – es musste eine Laterne sein.
David stand vorsichtig auf. Seine Knie taten weh vom Sturz und zitterten ein bisschen, aber er ignorierte das und tastete sich langsam voran. Es war jetzt ziemlich dunkel, er konnte gerade eben die Stufen einer sehr schmalen Treppe erkennen. Die Wände bestanden aus bloßem Erdreich, das mit Holzpfählen gestützt wurde. Die Decke über ihm war so niedrig, dass er ohne Probleme mit den Händen daran kam – ein Erwachsener würde den Kopf einziehen müssen. Die Treppe war steil und er musste sich sehr konzentrieren, die einzelnen Stufen zu treffen und nicht in die Tiefe zu stürzen.
Kühle, feuchte Luft wehte ihm entgegen und er ignorierte die Beklommenheit, die ihm das Atmen schwer machte. Trotzdem ging er weiter, Stufe um Stufe.

Nach einer Weile hörte er weiter unten wieder Schritte. Auch das Licht wurde wieder stärker. Er sah die Umrisse des Fremden. David spürte dessen Aufforderung: Komm doch endlich!

David kam es vor, als sei er stundenlang hinabgestiegen, als der Mann vor ihm seine Laterne an einen Haken hängte und eine weitere, größere Lampe entzündete, die auf einem Tisch stand.

David sah sich erstaunt um. Seine rechte Hand umklammerte den Schlüssel, der in seiner Jackentasche lag und sich gerade wie ein rettender Anker anfühlte.

Vor ihm lag ein großer Raum, ein Laboratorium, wie es schien. Sein Blick fiel auf einen Tisch voller Flecken, auf unzählige braune Glasgefäße mit verblichenen

Etiketten, auf Regale voller Gläser und Amphoren, die in einem tiefen, intensiven Rot leuchteten. Und auf Schalen mit roten, gelben, grünen und goldenen Perlen. In einer Ecke stand eine gewaltige Truhe, verziert mit ähnlichen Perlen wie denen, die er in den Schalen gesehen hatte. Und in einer anderen Ecke stapelte sich etwas, das aussah wie …
David fielen fast die Augen aus dem Kopf. Goldbarren! Hunderte von Goldbarren.

David fuhr hoch und sah die Schwärze seines Schlafzimmers. Ein Traum. Er hatte das alles nur geträumt, stellte er erleichtert fest. Aber was hatte das alles zu bedeuten?
Ein paar Dinge waren klar. Der Mann musste der Glasmacher Johann Kunckel gewesen sein, von dem er gelesen hatte. Der Glasmacher, von dem man gesagt hatte, er habe versucht, mit dem Stein der Weisen Gold herzustellen. Kein Wunder, dass David von ihm geträumt hatte, nachdem er so viel über ihn gelesen hatte.
Er seufzte, setzte sich im Bett auf und knipste die Nachttischlampe an. Da lag der Schlüssel. David griff danach und stutzte. Das Metall, das er eben im Traum so deutlich gesehen hatte, war warm.
So, als hätte es jemand lange in der Hand gehalten.
David spürte, wie die Gedanken in seinem Kopf zu wirbeln begannen. Der Baum mit der Tür. Die Treppe. Das Laboratorium. Das Glas. Das Gold. Der Glasmacher. Der warme Schlüssel.
Aber das war doch nicht möglich? David berührte die Glühbirne seiner Nachttischlampe. Sie war warm, aber noch nicht heiß – er hatte sie ja eben erst angeknipst.
Aber wie konnte der Schlüssel da warm sein? Das Glas Wasser, das daneben stand, war jedenfalls kühl. Und seine Armbanduhr auch. Verwirrt sank er in die Kissen zurück. Als er sich auf die Seite drehte, spürte er einen spitzen Schmerz im Knie und setzte sich wieder auf. Im Schein der Nachttischlampe sah er an beiden Knien rote Schürfwunden.

Wo kamen die denn her? Er legte die Stirn in Falten. War er hingefallen? Ja, allerdings nur im Traum! Als er die Tür im Baum entdeckt hatte!
Sein Herz begann zu rasen. Das war doch vollkommen verrückt! Wie konnte so etwas möglich sein?
Ich träume wahrscheinlich immer noch, dachte er und schloss die Augen. Im Traum passieren ja oft total blöde und unlogische Sachen. Wenn ich morgen aufwache, sind die Schürfwunden weg. Garantiert.
Insgeheim aber wusste er, dass er nach dem Baum suchen würde. Wenn es ihn gab, dann würde er ihn finden.

Kapitel 12

Pfaueninsel, 1688
Johann Kunckel war weit gekommen mit seinen Experimenten. Aber das Verhalten des neuen Kurfürsten bereitete ihm Sorge. Während ihm der Kurfürst alle paar Wochen einen Auftrag gesandt hatte, wartete Kunckel nun schon seit vier Monaten darauf. Nicht, dass er nichts zu tun hätte – im Gegenteil, seine Auftragsbücher waren gut gefüllt. Aber der Zuspruch des Hofes war wichtig für ihn, zumal die Gerüchte um ihn und seine angeblichen Machenschaften mit schwarzer Magie nicht abrissen.
Während der Kurfürst immer nur abgewunken hatte, wenn das Thema angesprochen wurde – einmal hatte er einen überängstlichen Bauern sogar freundlich ausgelacht, als der behauptet hatte, er hätte eine Dampfwolke in Form des Teufels gesehen – war sein Nachfolger in dieser Sache schweigsam. Es war klar, dass er von den Gerüchten wusste, aber Friedrich hatte bisher nichts getan, um Kunckel in Schutz zu nehmen. Mehr noch, der Glaskünstler begann zu fürchten, dass der Kurprinz misstrauisch geworden war.
Kunckel wusste, dass er auf der Hut sein musste. Die Gerüchte über Explosionen waren Unfug, aber Rauch gab es tatsächlich. Er war Alchemist genug, um zu wissen,

wie man ihn in weißen Dampf verwandeln konnte. Und er achtete auch darauf, möglichst nur bei Tageslicht in seiner Glashütte zu sein.
Aber das reichte ihm nicht. Die Sorge, dass der junge Kurfürst eines Tages unangekündigt auf der Insel auftauchen und trotz Kunckels Vorsicht von den geheimen Experimenten im Laboratorium erfahren würde, zwang ihn, gründlich nachzudenken.
In den nächsten Wochen verwirklichte er seine Pläne eines geheimen Raumes für all jene Gegenstände, die niemand zu Gesicht bekommen durfte. Er lag vollkommen unter der Erde und war durch einen langen Gang mit seinem unterirdischen Laboratorium verbunden. Mit dem Bau mehrerer Tunnel hatte er fünf Männer beauftragt, die zwei sehr wichtige Eigenschaften mitbrachten: Zuverlässigkeit und absolute Verschwiegenheit. Er entlohnte sie reich für ihre Arbeit, die sie in erstaunlich kurzer Zeit bewältigten. Nur das letzte kleine Stück Tunnel und den neuen, geheimen Raum erbaute er mit seinen eigenen Händen. Dieses Geheimnis würde er mit niemandem teilen.
Der geheime Raum war klein, er wollte darin nicht arbeiten, sondern die Ergebnisse seiner Alchemie-Experimente aufbewahren, außerdem kostbare Handschriften und wichtige Zutaten, die er für die Herstellung von Gold benötigte. Auch der Lapis philosophorum, der „Stein der Weisen", sollte dort einen Platz bekommen.
Den Zugang und den Weg zu dem geheimen Raum hatte er, wie er selbst zufrieden feststellte, mit äußerstem Geschick getarnt. Jetzt würde auch bei einer Durchsuchung, mit der Kunckel angesichts der Entwicklungen rechnen musste, niemand etwas finden – selbst wenn er auf das unterirdische Laboratorium stoßen sollte … jedenfalls niemand, der es nicht finden sollte.

Kapitel 13

Am nächsten Morgen griff David als Erstes nach dem Schlüssel. Kalt. Er war erleichtert. Er hatte wohl doch alles nur geträumt.
Pfeifend setzte er sich im Bett auf, froh, die wirren Gedanken los zu sein, und stand eine halbe Minute später unter der Dusche. „Aua!" David starrte seine Knie an und ein „oh nein" entfuhr ihm. Die Abschürfungen waren noch da.
„Ich kapier das nicht", grummelte er.
Es war ein Traum. Ein Traum! Aber warum hatte er dann aufgeschürfte Knie?
Er überlegte fieberhaft. Vielleicht war er ja gestern im Gebüsch gegen etwas gelaufen und hatte es in der Aufregung nicht bemerkt? Ja, so musste es sein.
Aber trotzdem musste er auf die Insel. Er wollte wissen, ob es den Baum mit der verborgenen Tür tatsächlich gab.
Eine Stunde später stand David auf der Fähre. Er war tief in Gedanken versunken. Dieser Traum der vergangenen Nacht steckte ihm immer noch in den Knochen. Er hatte sich so real angefühlt.
Irgendetwas sagte ihm, dass der Traum-Baum auf der Pfaueninsel gestanden hatte. Immerhin hatte der Glasmacher dort gewohnt, und der Raum, in dem er den Mann gesehen hatte, hatte tatsächlich wie ein Laboratorium ausgesehen.
Moritz war nicht bei ihm, und David hatte deshalb ein schlechtes Gewissen – aber er hatte nach dem wilden Traum nicht mehr lange schlafen können und war in aller Frühe aufgestanden. Viel zu früh, um Moritz zu wecken. Er hatte bloß eilig eine SMS getippt: „Treffen morgen? Bin heute unterwegs." Das half gegen das schlechte Gewissen – ein bisschen jedenfalls.
Nach einem hastigen Frühstück im Stehen hatte er sich aufs Fahrrad gesetzt und musste an der Anlegestelle sogar noch auf die erste Fähre warten. Unruhig wanderte er herum, bis er endlich an Bord gehen konnte. Als die Fähre ablegte, griff er vorsichtshalber noch einmal in seine Hosentasche und fühlte glattes, kühles Metall: der Schlüssel.

David starrte auf die Insel. Und sah vor allem eines: Bäume. Hunderte davon, ach was: Tausende. Er seufzte tief. Wie sollte er da diesen einen finden? Eigentlich wollte er ihn ja lieber NICHT finden, um sich zu erklären, dass alles nur ein Traum war. Aber er war auch neugierig. Einen Baum mit Tür hatte er jedenfalls noch nie gesehen. Im Traum hatte er ziemlich nah an einem Weg gestanden – und das war ja immerhin schon ein Hinweis. Und er musste dick genug sein für eine Tür.
Kaum hatte die Fähre mit einem kleinen Hopser am Ufer angelegt, lief David schon los. Er konnte kaum abwarten, dass sich die Schranke hob.
Drei Stunden später hatte er mehr Bäume gesehen, als er zählen konnte, nur keinen mit einer Tür. David seufzte und wanderte weiter. Er hatte keinen Blick für die Schlossruine und die anderen Bauwerke auf der Insel, sondern richtete die Augen fest auf die Bäume, die dick genug waren für eine Tür.
Am Kunckel-Stein hielt er an und starrte auf das Grün neben dem Weg, dorthin, wo er und Moritz nach der Ursache des Lichtes gesucht hatten, das sie vor ein paar Tagen auf die Insel gelockt hatte.
Er schaute sich vorsichtig um und schlich dann ins Gebüsch. War der Baum mit der Tür hier in der Nähe?
David bewegte sich langsam, guckte immer wieder auf den Weg. Ein Pärchen ließ ihn erschrocken innehalten, aber die beiden waren zu sehr mit sich beschäftigt, sie bemerkten ihn nicht.
Als sie vorbeigegangen waren, atmete David auf. Er konzentrierte sich wieder auf die Bäume und suchte gleichzeitig den Boden ab. Er war schließlich genau dort, wo sie neulich nachts die Männer gesehen hatten. Das bedeutete einerseits: Er konnte etwas finden – den Baum oder einen Hinweis auf die Verbrecher. Und andererseits: Er musste aufpassen, dem finster dreinblickenden Fremden, der ihnen begegnet war, nicht erneut über den Weg zu laufen. Ein kalter Schauer durchfuhr ihn, als er nur daran dachte.
Ein Schritt. Umsehen. Wieder ein Schritt. Erneut umsehen. Als vor seinen Füßen etwas glänzte, brauchte David eine Weile, um zu begreifen, dass er etwas gefunden hatte. Das Adrenalin hatte ihn so sehr in Alarmbereitschaft gesetzt, dass er sich erst noch einmal umsah, bevor er sich nach dem Gegenstand bückte.

Eine Münze. Fünf D-Mark. „Freiherr Joseph von Eichendorff" stand darauf. Altes Geld, wie er es einmal bei seinem Vater gesehen hatte.
David hob das Geldstück vorsichtig auf. Mit einem Taschentuch – wie er es aus den Fernsehkrimis kannte. Er wollte ja keine Fingerabdrücke zerstören …
Er betrachtete seinen Fund, auf den die Jahreszahl 1957 geprägt war. Ziemlich alt, dachte er. Ob die Münze etwas mit den Männern von neulich zu tun hatte? David steckte die Münze in die Hosentasche und ging weiter. Um diese Frage würde er sich später kümmern. Er kehrte zum Weg zurück.

So klein, wie die Insel auf dem Stadtplan aussah, war sie nicht, das war ihm inzwischen klar. Wenn er sicherstellen wollte, dass es den Baum nicht gab, dann hatte er noch einiges an Arbeit vor sich.

An einer Wegkreuzung, nicht weit vom Luisentempel, blieb David wie angewurzelt stehen. Ein Bild flackerte vor seinem inneren Auge. Und ganz plötzlich fielen ihm Details aus seinem Traum ein. „Wir sind links herum gegangen", murmelte er und drehte sich um. Sein Blick fiel auf die Kreuzung. Die hatte er im Traum gesehen, auch wenn die Landschaft unscharf gewesen war. Aufgeregt lief er auf die Stelle zu. Und dann wusste er, wohin er gehen musste. Wie ein Film lief der Traum vor ihm ab. Es war dunkel gewesen, aber er hatte einige Details gesehen.

Ein weißes Schild. Eine Lichtung. Ein Beet. Wie ferngesteuert lief er weiter, vorbei an unzähligen Bäumen, die er keines Blickes würdigte.

Endlich wusste David, wohin er gehen musste. Deshalb war er auch nur ein bisschen erstaunt, als er plötzlich wirklich vor einem Baum stand, in den eine Holztür eingebaut war.

„Ja!" entfuhr ihm ein Jubelruf. Und danach wurde er ganz still. Furcht ergriff ihn. War der Traum vielleicht gar keiner gewesen? Hier, vor ihm, stand tatsächlich ein Baum mit einer Tür! Aber man kann doch nicht gleichzeitig im Bett liegen und über eine Insel streifen?

David holte tief Luft. Egal, ob es ein Traum, eine Vision oder was auch immer war – hier vor ihm stand dieser Baum mit einer Tür, und er, David, hatte einen Schlüssel, der zumindest im Traum gepasst hatte.

Puh. David schaute sich um. Dann zog er den Schlüssel aus der Hosentasche und hielt noch einmal kurz inne. Langsam, ganz langsam steckte er ihn ins Schlüsselloch. Die Welt schien mit ihm den Atem anzuhalten.

Er passte! Behutsam begann David zu drehen. Das Schloss ächzte. David drehte etwas kräftiger. Es machte „Plopp", und als David gegen die Tür drückte, gab sie nach. Ein kalter Hauch wehte ihm entgegen.

Kapitel 14

„Lapis philosophorum" wird der Stein der Weisen auch genannt, jener Stein, der den Herzschlag der Alchemisten schon seit Urzeiten beschleunigt hat. Nur eine sehr kleine Menge davon sollte genügen, um unedle in edle Metalle zu verwandeln. Und nicht nur das: Mit Rotwein zusammen genossen, als Aurum potabile, trinkbares Gold, soll er gegen sämtliche Krankheiten helfen, sogar gegen den Umstand, den man Altern nennt. Eine Medizin, nach der die ganze Welt strebte. Was, wenn er, Kunckel, diese Medizin erschaffen könnte? Die Welt würde ihm zu Füßen liegen.
Und dieser Stein! Die Menschen sprachen voller Respekt von ihm und nannten ihn auch „Roter Löwe", „Astralstein" oder „Großes Elixier". Kunckels Herz schlug höher, als er den Brocken betrachtete. Er dachte an seinen Bekannten Hennig Brand, der bei seinen Experimenten zwar nicht das ewige Leben, aber im Jahr 1669 immerhin Phosphor entdeckt hatte. Kunckel hatte sich das Verfahren erklären lassen und dann eigene Experimente gemacht. Mit einigem Erfolg: Sein „Kunckel'scher Phosphor" ging in die Chemie-Geschichte ein.
Nicolas Flamel (1330–1418) soll die Herstellung des Steins der Weisen tatsächlich gelungen sein. Er lebte mit seiner Frau Pernelle in Paris. Von Beruf war er Schreiber – offiziell jedenfalls. Dass er viel Geld besaß, sorgte für Spekulationen – Reichtümer häufte man mit dieser Arbeit eigentlich nicht an. Trotzdem hinterließ Flamel der Stadt Paris ein bedeutendes Vermögen. Genauso erstaunlich für die damalige Zeit war sein Alter – er starb erst mit 88 Jahren.
Seine Grabplatte, die im Museum von Cluny ausgestellt wird, ist mit Symbolen von Mond und Sonne verziert – ein Zeichen für Alchemie. Zu dieser Wissenschaft kam Flamel der Legende nach durch ein Buch, auf das er zufällig gestoßen und das mit seltsamen Bildern versehen war. In diesem Buch ging es unter anderem darum, wie man Gold herstellt. Flamel brauchte aber noch unzählige Jahre, bis er das Geheimnis entschlüsselte: Am 25. April 1382, so heißt es, sei es ihm und seiner Frau gelungen, Quecksilber in Gold zu verwandeln.

Der Gedanke an diesen Erfolg ließ Kunckel vor Erregung schaudern. Oft schon hatte er sich gefragt, wie Flamel die Verwandlung gelungen war.
Kunckel wusste nicht, ob der Stein, den er von dem unheimlichen Fremden bekommen hatte, jener war, den einst Flamel besessen hatte. Er zerbrach sich den Kopf, wie der Stein den Weg auf die Insel gefunden hatte. Eine Antwort fand er nicht. So widmete er sich wieder seinen Experimenten. Aber in seinen Träumen würde er dem großen französischen Alchemisten gerne einmal begegnen. Dann würde er ihn fragen, welche Bestandteile man brauchte, um diesen Stein herzustellen. Und welche Fähigkeiten er wirklich hatte.

Irgendwo in Berlin, Sommer 2018
Der Mann war verärgert. Seit Tagen versuchte er, den Namen des Mitläufers des Russen herauszubekommen. Er hatte Verbindungen spielen lassen, Gefallen eingefordert. Bisher wusste er nichts über den jungen Hünen, den er im Boot gesehen hatte.
Und zu seinem großen Ärger wusste er auch immer noch nicht, was die Bootsinsassen auf der Pfaueninsel gewollt hatten. Er konnte nur vermuten, dass es mit einem großen Coup zu tun hatte. Und er war fest entschlossen, seinen Teil vom Kuchen abzubekommen.

Kapitel 15

David blickte ins Dunkle. Er brauchte eine Weile, bis er Umrisse erkennen konnte. Ärgerlich, dass er heute früh in der Eile nicht an eine Taschenlampe gedacht hatte, denn nun erinnerte er sich daran, wie schmal die Treppe im Traum gewesen war und wie steil.

Er zog sein Handy aus der Tasche und suchte nach der Taschenlampen-App. Nicht besonders hell, aber besser als die völlige Dunkelheit. Er ertastete festgeklopfte Erde und Holz, Stützpfosten und, wie es schien, eine Art Geländer. Dafür aber brauchte er beide Hände. Seufzend steckte er das Handy in die Hosentasche zurück. Fest an das Holz geklammert begann David, mit den Füßen nach den Treppenstufen zu fühlen. Ein paar Lichtschimmer konnte er immerhin sehen – der Baum hatte einige Ritzen, durch die Sonnenlicht fiel. Aber anders als im Traum war kein Glasmacher vor ihm, der eine Laterne hielt.

Davids rechter Fuß ertastete die oberste Treppenstufe. Die nächste. Und noch eine. Schritt für Schritt begann er, nach unten zu steigen, und versuchte, das Hämmern in seiner Brust zu ignorieren.

Mit den Füßen tastete er sich voran, immer tiefer in die Dunkelheit. Er hörte nur das Rutschen seiner Schuhe auf dem Untergrund und seinen hastigen Atem und sah: nichts.

Irgendwann hatte er die letzte Stufe erreicht und stand vor einer halb geöffneten Tür, durch die ein bisschen Licht drang. Vorsichtig drückte er sie auf und blickte in einen großen Raum, in den durch zwei kleine, dicht unter der niedrigen Decke gelegene Fenster Licht fiel. Es war der Raum aus seinem Traum.

Krass! David war so überwältigt von dem Anblick, dass er gar nicht daran dachte, in Panik zu geraten. Der Boden des Raums vor ihm bestand aus festgetretenem Sand. An einer Wand stand ein Regal mit vielen Glaskolben in unterschiedlichen

Größen, in der Mitte des Raums ein Tisch mit Mörsern, Stäben, einem Gerät, das wie ein altmodischer Ofen aussah, und allerlei kleineren Gegenständen, die David noch nie gesehen hatte. In einem weiteren Regal an einer anderen Wand entdeckte er unzählige Gefäße aus rotem Glas. David griff nach einer kleinen Phiole, die mit einer rostroten Substanz gefüllt war, und betrachtete sie.
Ein Geräusch ließ ihn herumfahren. Der Mann aus seinem Traum hatte den Raum betreten. Er schien direkt durch die Wand gekommen zu sein. Der Junge drückte sich eng an die Wand – in der Hoffnung, nicht bemerkt zu werden. Stocksteif stand er da und wagte nicht zu atmen.

Berlin, Januar 2016
Zehn Millionen Euro in Scheinen, Münzen, Uhren und Juwelen – verschwunden in einer einzigen Nacht. Die Diebe hatten einen 45 Meter langen Tunnel gegraben und sich, wie die Ermittler feststellten, in wochenlanger Kleinarbeit Meter für Meter an das Bankgebäude im Süden der Stadt herangearbeitet.
Eine Tiefgarage in einem unscheinbaren Haus, einen Häuserblock entfernt, war der Eingang zum Tunnel, gerade hoch genug, um einen kriechenden Mann aufzunehmen. Der Platz reichte auch noch für einen Geldsack auf dem Rücken des oder der Verbrecher.
Die Schließfächer der wohlhabenden Bank-Kunden waren das Ziel der Diebe gewesen. Ein Raum, vom Boden bis zur Decke gefüllt mit Fächern, in denen all das lagerte, was den Menschen lieb und vor allem teuer war: Familienschmuck ebenso wie kleine oder größere Stapel von Banknoten, teure Uhren und kleine Säckchen mit Diamanten. Zu den exklusivsten Gegenständen, die gestohlen worden waren, gehörte eine 800.000 Euro teure Halskette, die mit unzähligen Diamanten besetzt war. Nicht alle der Fächer waren mit Reichtümern gefüllt gewesen, aber insgesamt war der Inhalt zehn Millionen Euro wert. Und jetzt waren 309 Fächer leer.

Die Diebe hatten sich nicht die Mühe gemacht, die vielen Türen zu den Schätzen wieder zu schließen, nachdem sie sich daraus bedient hatten. Auf dem Boden lagen Schmuckstücke und andere Gegenstände, die die Verbrecher achtlos fallengelassen hatten.

Sie waren in Eile gewesen, so viel war klar. Immerhin musste ihnen bewusst gewesen sein, dass ihr Eindringen in den Raum einen Alarm auslösen würde. Und so gingen sie auf Nummer sicher: Nachdem sie die Fächer ausgeräumt hatten, legten sie Feuer, um Spuren zu verwischen. Dass dabei einige heruntergefallene Schmuckstücke zu goldschwarzen Brocken verschmolzen, bekamen die Diebe nicht mehr mit – als die Feuerwehr eintraf, waren sie längst über alle Berge.

Die Bankmitarbeiter aber hatten beinahe einen Herzinfarkt erlitten, als ihnen klar wurde, welche Summe sich da buchstäblich in Nichts aufgelöst hatte.

Die Verbrecher waren Profis gewesen. Die dicken Wände im Tresorraum hatten sie einfach aufgebohrt. Es gab keinerlei Fingerabdrücke und nur ein halbes Schuhprofil im weichen Boden des Tunnels.

Kapitel 16

David hatte Glück, denn der Fremde im Labor blickte gar nicht in seine Richtung. Er trat an den Tisch, nahm zwei Gefäße mit roter und weißer Substanz und schüttete aus beiden eine kleine Menge in einen runden Kolben. Dann betrachtete er das Gemisch, schüttelte es und setzte es vorsichtig auf den Ofen. Wenig später stieg Dampf auf und ein beißender Geruch zog durch den Raum.

David trat näher an den Tisch heran. „Hallo!", sagte er – und erschrak vor seinem eigenen Mut. Was um aller Welt hatte ihn dazu gebracht, sich bemerkbar zu machen? Wie sollte er dem Mann erklären, warum er hier war?

Aber der Mann reagierte überhaupt nicht. Er hantierte weiter mit dem runden Kolben, fügte ein weiteres Pulver hinzu und rührte das Gemisch mit einem langen Glasstab um, den Blick fest auf seine Arbeit gerichtet.

David war irritiert. War der Mann taub? Oder warum hatte er ihn nicht bemerkt? Er trat näher und wiederholte seinen Gruß – diesmal etwas lauter. Wieder keine Reaktion.

David trat noch etwas näher. Ohne nachzudenken, hob er die Hand, um den Mann am Ärmel zu zupfen – und griff durch den Arm hindurch.

Mit einem leisen Aufschrei sprang er zurück, starrte ungläubig auf den Mann und schüttelte den Kopf. „Unmöglich", murmelte er vor sich hin und trat noch einmal an den Mann heran. Seine Hand griff erneut durch den Arm des Fremden hindurch.

David rannte davon. Er stolperte die steilen Stufen nach oben, riss die Tür im Baum auf und stürzte ins Freie. Draußen blieb er schwer atmend stehen. Sein Herz hämmerte so heftig, als wolle es aus seiner Brust springen. Seine Gedanken fuhren Karussell. Hatte er einen Geist gesehen? David schüttelte den Kopf. Geister gab es nur in Lagerfeuergeschichten. Der Mann hatte sich ganz normal bewegt, er schwebte nicht, wie man es von einem ordentlichen Geist erwarten konnte. Er sah nicht durchsichtig aus, und er hatte mit seinen Geräten hantiert, was Geister ja wohl auch nicht konnten. Und er hatte überhaupt keine Notiz von David genommen, so, als wäre er gar nicht wirklich im Raum gewesen.

Vielleicht, so überlegte David, der schon lange nicht mehr an Geister glaubte, vielleicht hatte er ja bloß eine Projektion gesehen. Oder ein Spiegelbild.

Ich glaube, ich werde verrückt! Er ließ sich gegen das Holz des alten Baumes sinken. Vor seinem inneren Auge sah er Bilder – den Glasmacher, das Laboratorium, die steile Treppe, die aufgeschlagenen Knie – und spürte, wie sich sein Gehirn verzweifelt bemühte, das alles zu verstehen. Aber wie kann man so etwas verstehen? Das war doch vollkommen durchgeknallt!

Er griff sich an die Stirn, in der Hoffnung, Fieber zu haben. Kühl.

Mit wackligen Beinen stand er auf. Seine Hände drückten gegen die Tür, die jetzt verschlossen war. David stutzte. Er hatte sie nicht abgeschlossen, da war er sicher. Aber sie gab nicht nach. Wie konnte das sein? Er tastete in seiner Hosentasche nach dem Schlüssel und zuckte zurück. Seine Hand hatte nicht nur das Metall, sondern auch noch etwas Kühles, Glattes gespürt. Er zog den Gegenstand heraus. Es war eine Phiole mit einer rostroten Substanz darin.

David starrte das Glas an und erinnerte sich. Er hatte das Fläschchen im Laboratorium entdeckt und in die Hand genommen, bevor er den Mann gesehen hatte. Offenbar hatte er das Glas dann einfach in die Hosentasche geschoben, statt es zurück ins Regal zu stellen.

Das kaum daumengroße Glas war mit einem kleinen Korken verschlossen. David drehte und zog vorsichtig daran und wenig später hatte er den Verschluss in der Hand. Er betrachtete die Substanz und hielt seine Nase an die Öffnung. Das pulverartige Gemisch roch ein bisschen metallisch und nach etwas anderem, aber David konnte den Geruch nicht zuordnen. Behutsam drückte er den Korken wieder aufs Glas.

Er würde Moritz fragen, was für eine Substanz das sein konnte. Sein Freund experimentierte schließlich begeistert mit seinem Chemie-Baukasten. Vielleicht konnten sie ja zusammen herausfinden, was in der Phiole war. Entschlossen steckte David das kleine Gefäß zurück in die Hosentasche. Den Schlüssel schob er in die andere Tasche, damit er das zarte Glas nicht zerbrechen konnte.

Ins Laboratorium würde er die Phiole sicher nicht zurückbringen. Allein der Gedanke daran beschleunigte seinen Herzschlag. So hatte er sich seine Detektivarbeit nicht vorgestellt. Aufregend, ja – aber mit solchen merkwürdigen Erlebnissen? David schüttelte den Kopf.

Dann holte er noch einmal tief Luft und marschierte los, Richtung Fähre. Als er seine Hände in die Hosentasche steckte, spürte er das Glas der Phiole. Was für eine Substanz mochte das sein? Goldstaub? Nein, dafür war sie zu rot. Getrocknetes Blut? David schauderte. Er hatte zwar noch nie getrocknetes Blut gesehen, aber er glaubte nicht, dass es metallisch glänzte.

Ein zerriebenes Metall also, das war am wahrscheinlichsten. Auch wenn er keine Ahnung hatte, was man damit anfangen konnte. Vielleicht wollte der Mann aus seinem Traum damit experimentieren, um sein Glas stabiler zu machen, oder

bunter. David erwischte sich dabei, dass er sich ärgerte, im Chemie-Unterricht lieber unter dem Tisch „Harry Potter" gelesen zu haben als aufzupassen. Sonst würde er jetzt vielleicht nicht so ratlos sein.
Noch wusste er nicht, wie er Moritz die Herkunft der Phiole erklären sollte. Die seltsame Begegnung im Baum würde ihm sein Freund ganz bestimmt nicht glauben – Moritz war durch und durch vernünftig. An Geister hatte er nicht einmal mit fünf Jahren geglaubt. David tat das eigentlich auch nicht mehr, aber jetzt war er nicht mehr so sicher.
Eine halbe Stunde später stellte er sein Fahrrad vor Moritz' Gartentür ab und klingelte. Ihm würde schon eine Erklärung einfallen, und Moritz war neugierig genug, um sich voll in die chemische Detektivarbeit zu stürzen. Doch die Tür blieb zu. David klingelte noch einmal, aber er hörte nichts im Haus. Sein Freund und seine Familie waren wohl nicht da.
Seufzend wanderte David zu seinem Fahrrad zurück und fuhr nach Hause, fest entschlossen, auch allein etwas Brauchbares herauszufinden und es morgen noch einmal bei Moritz versuchen.

Kapitel 17

Pfaueninsel, 1689
Kunckels Pläne mit dem Stein der Weisen mussten warten. Er hatte einen kurzfristigen Auftrag für den Berliner Hof zu erfüllen – eine unerwartete Freude nach langem Warten. Am Abend zuvor hatte ihn spät eine Depesche des kurfürstlichen Hofes erreicht, mit dem Auftrag, bis zum nächsten Tag sechs zarte Weingläser aus Rubinglas fertigzustellen. So sehr er auch darauf wartete, zu sehen, was seine neuesten Experimente gebracht hatten – jetzt musste er sich voll und ganz dem Glas widmen. Seit Stunden schon mischte er in der Glashütte die Zutaten. Jetzt zog er die ersten drei Stücke aus dem Ofen und betrachtete sie wohlwollend.

Sie waren dunkelrot. Perfekt. Kunckel konnte schon die Hände der vornehmen Gäste sehen, die das elegante Glas hielten. Während die verbliebenen drei Gläser im Ofen standen, tauchte er einen feinen Pinsel in ein Töpfchen mit flüssigem Gold, das über einer Flamme hing, und trug mit sicherer Hand eine dünne Schicht davon auf den Rand des Glases auf.

In der gleichen Farbe würde er später noch mit einem leichten Schwung aus dem Handgelenk seine Initialen – JK – unter den Fuß des Glases malen.

Kunckel warf noch einen Blick auf die trockenen Prachtstücke und wandte sich dann seinem Notizbuch zu – die drei restlichen Gläser brauchten noch ein paar Minuten. Er wollte die Zeit nutzen und eine Karaffe entwerfen, die zu diesen Gläsern passte. Zart, aber stabil, durchsichtig genug, dass man die Flüssigkeit darin sehen konnte, und mit einem kunstvollen Henkel, der gut in der Hand lag. Kein gewöhnlicher Glaskrug sollte es werden, sondern ein Meisterwerk der Glasmacherkunst. Es sollte eine Überraschung für den neuen Kurfürsten werden, ein subtiler Versuch, ihn wohlwollend zu stimmen.

Als die fertiggestellten Teile Stunden später auf dem Regal auskühlten, hatte sich bereits die Dunkelheit über die Glashütte gelegt. Der Krug war tatsächlich meisterhaft geworden – eines seiner besten Stücke, wie der Glaskünstler mit leiser Genugtuung feststellte. Ein bisschen enttäuscht war er aber trotzdem. Heute würde er nicht mehr experimentieren können, er war einfach zu müde.

Bevor er die Glashütte verließ, zog er ein Samttuch aus der Jackentasche und zog DEN STEIN heraus. Er warf einen Blick auf den unscheinbaren Brocken in seiner Hand. Der Stein schien zu vibrieren, aber das war vermutlich Einbildung. Oder seine Aufregung – immerhin hielt er eine Legende in den Händen. Eine, die er eigentlich in seinem neuen, geheimen Raum aufbewahren wollte. Aber noch brachte er es nicht übers Herz, den Stein auch nur eine Minute aus den Augen zu lassen. Morgen, morgen würde er ihn in den Schrank legen, den er für ihn vorgesehen hatte.

Beinahe liebevoll betrachtete er den Brocken, der an einer Seite ein bisschen abgeschabt war – Kunckel hatte ein kleines Stück davon zu Staub zermahlen. Er dachte an die bisherigen Experimente damit und war zufrieden – sie waren vielversprechend gewesen. Gold war aber noch nicht herausgekommen.

Gestern hatte eines der Stücke immerhin einen Goldschimmer angenommen, und Kunckel brannte darauf zu sehen, wie es jetzt aussah. Aber das, so stellte er mit einem Seufzen fest, würde noch etwas warten müssen, denn die Lieferung für den kurfürstlichen Hof musste morgen auf den Weg gebracht werden.

Am übernächsten Tag eilte er in sein unterirdisches Laboratorium, sobald die Sonne aufgegangen war. Die festgewordene Substanz, auf die er so gespannt gewesen war, sah gut aus. Es war ein goldglänzendes Metall, das fester als Gold und mit einem rötlichen Schimmer versehen war. Wäre er ein Juwelier, so würde er daraus schmale Ringe anfertigen.

Kunckel überlegte: Warum sollte er es nicht auf einen Versuch ankommen lassen? Er erhitzte das Material noch einmal, dann entnahm er einen Teil davon, ließ ihn

ein bisschen abkühlen und hämmerte ihn behutsam in Ringform. Mit einem darübergelegten Tuch glättete er die Unebenheiten und wartete noch eine Weile, bis der Ring vollkommen ausgekühlt war. Der kleine Reif glänzte in verführerischem Goldrot.

Es war noch nicht das richtige Gold, aber der Ring war wunderschön. Kunckels Frau würde sich über das unerwartete Geschenk sicher freuen. Den Stein ließ er in seine Jackentasche rutschen – einen Tag noch. Morgen aber würde er ihn in seinen Geheimraum bringen. Bestimmt.

Kapitel 18

David saß in seinem Zimmer und betrachtete den Inhalt der Phiole. Rostrot und fein wie Sand war die Substanz, und einige Körnchen glitzerten. Er hatte es nicht gewagt, den Korken abzuziehen und noch einmal an dem Pulver zu riechen – was, wenn es giftig war?

Entschlossen setzte er sich an seinen Computer. „Pulver rostrot" gab er in die Suchmaschine ein.

Die spuckte erst einmal rostrote Pullover aus, aber David gab nicht auf. Er bestätigte „Pulver rostrot" und bekam einige Ergebnisse: Eisenoxid, Rost, Lehm, Mennige – ein Oxid aus Blei, das auch als Pariser Rot oder Goldzinnober bezeichnet wird –, Ziegel, Henna.

David seufzte, schrieb alle Vorschläge auf einen Zettel und überlegte. Rost erschien ihm unwahrscheinlich. Das Pulver war sehr fein, Rost aber kannte er nur als grobe Substanz. Entschlossen strich er das Wort durch.

Eisenoxid war immerhin ein Pigment, mit dem man färben kann – und so etwas konnte er sich bei einem Glasmacher gut vorstellen. Auf den Bildern, die er im Internet fand, war das Pulver weniger fein als in seiner Phiole, aber er ließ Eisenoxid trotzdem auf der Liste stehen.

Lehm strich er wieder, denn die Farben, die er entdeckte, waren wesentlich heller als sein Pulver.
Bleimennige, so schien es, wurde als Rostschutzfarbe verwendet. Aber es war so giftig, wenn man es einatmete, dass sich David nicht vorstellen konnte, dass der Glasmacher damit in seinem Laboratorium gearbeitet hätte. Er setzte die Substanz in Klammern.
Ziegelpulver? David schaute in die Phiole, dann auf das Bild auf seinem Computer und schüttelte den Kopf. Nicht die passende Farbe. Und auch Henna schied aus. Obwohl es rot färbte, war es selbst eher grünlich.
„Eisenoxid ist am wahrscheinlichsten", murmelte er nach einem Blick auf seinen Zettel. Er war zufrieden mit seinen Ermittlungen, immerhin hatte er einiges herausgefunden. David schaltete den Computer aus und beschloss, Moritz am nächsten Tag nach Eisenoxid zu fragen.
Behutsam stellte er die Phiole auf seinen Nachttisch und starrte sie gedankenverloren an. Er war immer noch nicht sicher, ob er das alles wirklich erlebt hatte – es erschien ihm einfach so unglaublich. Womöglich, grübelte er, hatte ihm Moritz das Gefäß versehentlich irgendwann in die Jackentasche gesteckt, immerhin hatten sie beide sehr ähnliche Jacken, da konnte man schon mal etwas verwechseln. Und Moritz schleppte häufig irgendwelche Chemikalien mit sich herum, die er für seine Experimente zuhause brauchte.
Ja, so musste es sein. Moritz würde herzlich lachen, wenn er die Phiole sah. Und David würde dann wissen, dass er das alles wirklich nur geträumt hatte.

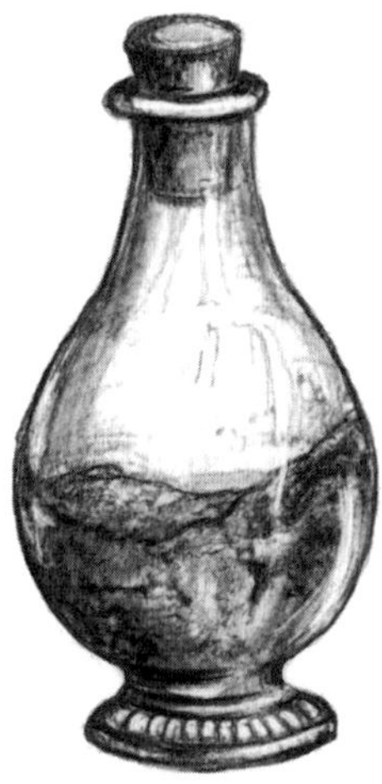

Kapitel 19

Am nächsten Tag regnete es in Strömen. David saß in Moritz' Zimmer. Sein Freund erzählte von seinem Ausflug in die Biosphäre in Potsdam, den er gestern spontan mit seinen Eltern gemacht hatte. David dagegen konnte sich nicht durchringen, von seinem Erlebnis zu erzählen. Er war immer noch nicht ganz sicher, ob er vielleicht alles nur geträumt hatte.

Auf die Insel zog es sie bei dem Wetter nicht, aber sie beschäftigte sie trotzdem.

Moritz griff nach einem Kästchen. „Da sind unsere Beweise drin", grinste er.

David öffnete sie und entdeckte das Bonbonpapier. Er grinste zurück. Dann überlegte er einen Moment und zog die alte Münze, die er gestern gefunden hatte, aus der Hosentasche. Moritz machte große Augen. „Wo hast du die denn her?", wollte er wissen.

David seufzte. „Ich war gestern nochmal auf der Insel und habe sie gefunden."

Moritz nahm die Münze in die Hand, betrachtete sie und legte sie behutsam in die Kiste. „Hast du sie am Ufer gefunden?"

David nickte und erzählte, wo er sie entdeckt hatte. „Wir müssen wieder hin", meinte Moritz. „Das Gebäude finden, zu dem der Schlüssel passt."

Moritz wusste nichts von Davids Traum und was dieser gestern auf der Insel erlebt hatte, also konnte er auch nicht wissen, wohin der Schlüssel passte. Aber David beschloss, das erst einmal für sich zu behalten – er hatte keine Ahnung, wie er seinem Freund erklären sollte, was ihn auf den Baum mit Tür gebracht hatte.

So wechselte er das Thema. Er hatte die Phiole mit der roten Substanz mitgebracht und stellte sie auf Moritz' Schreibtisch. „Was ist das?", fragte sein Freund.

„Ich dachte, du kannst mir das sagen", antwortete David.

Moritz nahm das Fläschchen in die Hand, betrachtete die Substanz, zog den Korken ab und roch daran. Dann stellte er es zurück auf den Tisch. „Vielleicht Eisenoxid? Woher hast du das?"

Davids Herz rutschte ihm in die Hose. Damit war klar, dass ihm Moritz die Phiole nicht in die Tasche gesteckt hatte. Er sah nicht so aus, als ob er sie jemals zuvor gesehen hatte. David überlegte fieberhaft, was er antworten sollte. „Habe ich gefunden", sagte er dann vage und hoffte, dass Moritz nicht nachhakte.
Tatsächlich stand sein Freund schon an seinem Bücherregal. Er zog einen dicken Band heraus, legte ihn auf den Tisch und ging dann zu einer Schublade, aus der er einen Chemiekasten hervorholte. Sekunden später hatte er eine winzige Menge der Substanz auf einer Glasplatte verteilt und untersuchte sie mit der Lupe.

Fasziniert beobachtete David, wie Moritz mit seinen Gerätschaften hantierte. Die Selbstverständlichkeit, mit der er arbeitete, erinnerte ihn an den Glaskünstler. Nur dass Moritz forschte, während der Mann offensichtlich etwas hergestellt hatte.

„Kein Eisenoxid", murmelte Moritz nach einer Weile und widmete sich weiter seiner Arbeit. Eine Stunde lang probierte er herum, dann fuhr er sich durch die dunklen Stachelhaare und schüttelte den Kopf. „Ich habe keinen blassen Schimmer, was das ist", verkündete er. „Wo hast du das nochmal gefunden?"

David überlegte. Wie sollte er das jetzt bloß erklären? „Ich weiß nicht", sagte er dann, „die Flasche war in meiner Jackentasche. Ich dachte, du hättest sie dort hineingetan." Was irgendwie stimmte. Er hatte tatsächlich daran gedacht. So halb.

Moritz schüttelte den Kopf. „Hab ich nicht." Glücklicherweise hakte er nicht weiter nach, sondern überlegte, wie er herausfinden konnte, was sich da in der Phiole befand. Dann fiel ihm etwas ein: „Ich kann nach den Ferien mal Professor Wünscher fragen, ob er helfen kann herauszufinden, was das ist. Es ist auf alle Fälle etwas Ungewöhnliches."

Das hatte sich David auch schon gedacht.

Die Phiole war noch nicht bereit, ihr Geheimnis preiszugeben. David steckte sie zurück in seine Tasche. Die beiden verabredeten sich für den nächsten Tag – bei trockenem Wetter wollten sie erneut auf die Insel gehen. Es gab schließlich noch viele Fragen, die beantwortet werden mussten.

Kapitel 20

David erkannte den unterirdischen Raum wieder – den Fußboden, die Regale an den Wänden, den großen Tisch in der Mitte und die kleinen Fenster direkt

unterhalb der Decke. Und er erkannte auch den Mann, der am Tisch stand und eine Phiole mit einer weißen Substanz in der Hand hielt. Johann Kunckel sah auf, aber er schien wieder durch David hindurchzusehen.
Diesmal blieb dieser entspannt: Es war nur ein Traum. Er starrte auf die Hände des Mannes, der den Korken von der Phiole zog und eine winzige Menge davon in einen Mörser gab. Aus einem anderen Glasgefäß schüttete er eine durchsichtige Flüssigkeit in den Mörser und verrührte beides.
David beobachtete fasziniert, wie der Glasmacher das zähe Gemisch in einen Tiegel füllte. Dann griff er nach einem Glas, in dem einige kleine goldfarbene Steine lagen. Zwei davon nahm er heraus und legte sie in den Tiegel. War das etwa Gold?
Der Mann arbeitete systematisch und ohne zu zögern. Er wusste, was er tat, griff blind nach Phiolen und Gefäßen, die offenbar in einer sehr durchdachten Reihenfolge auf dem Tisch und in den Regalen standen.
Plötzlich aber griff seine Hand ins Leere – und der Glasmacher stutzte. Suchend sah er sich um. „Die Phiole", schoss es David in den Kopf. „Er sucht die Phiole."
Schon wieder schienen sich Traum und Wirklichkeit zu vermischen. Mit hämmerndem Herzen beobachtete David den Glasmacher.
Der Mann ging zu dem Regal, sah in alle Fächer und auf den Tisch, schüttelte den Kopf und legte die Stirn in Falten. Woher sollte er auch wissen, dass das Gefäß bei David auf dem Nachttisch stand?
Nach einer Weile gab Kunckel die Suche auf und zog einen in ein dunkelblaues Samttuch gehüllten Gegenstand aus der Jackentasche. Behutsam legte der Glasmacher das Tuch auf den Tisch, öffnete es und hob einen kleinen roten Stein heraus. Dann nahm er eine Art dünne Feile und eine Schale und begann, den Stein zu bearbeiten.
Atemlos beobachtete David, wie roter Staub in die Schale rieselte. Roter Staub. Wie der in der Phiole. Was für ein Stein mochte das sein?
Der Glasmacher hätte es ihm sagen können – aber wie sollte er ihn fragen? Er hatte ja gestern schon ohne Erfolg versucht, mit ihm zu sprechen. So beobachtete David nur, was der Mann tat. Nach einer Weile hatte er ein kleines

Häufchen mit rotem Staub abgerieben. Sacht blies er gegen den Stein, um den letzten Rest Abrieb zu entfernen, wickelte ihn anschließend wieder in das Tuch und steckte es in seine Jackentasche.

Dann kehrte er zum Tisch zurück und gab den Staub behutsam in den Tiegel. Es schien, dass das Pulver sehr wertvoll war und so intensiv wirkte, dass ein Körnchen zu viel Schaden anrichten könnte.

Sorgfältig verrührte Kunckel das Gemisch. David schaute fasziniert zu, wie der Glasmacher den Rührstab hob, die Konsistenz prüfte und dann nach einem ovalen Gefäß griff. Er füllte die Masse hinein und trug sie zu einer Apparatur, die David noch nie gesehen hatte. Sie sah ein bisschen aus wie eine große Konservendose aus hellem Stein mit zwei übereinanderliegenden Öffnungen und einer Kuppel.

Kunckel klappte die Kuppel ab, zog einen eiförmigen Glasbehälter heraus und füllte das Gemisch, das er eben hergestellt hatte, durch einen winzigen Trichter hinein. Dann setzte er das Glas zurück, schloss die Kuppel und hantierte mit der Öffnung darunter.

Als es zu dampfen begann, ahnte David, dass der Apparat ein Ofen war. „Athanor", murmelte er, ohne nachzudenken. Und stockte. Das Wort war plötzlich in seinem Kopf gewesen, aber er hatte keine Ahnung, was es bedeutete. David starrte Kunckel an und hatte das erste Mal das Gefühl, dass der Glasmacher zurückstarrte. Es schien, als zwinkere er David zu. Als hätte er das Wort direkt in den Kopf seines jungen Beobachters gepflanzt: Athanor.

Aber einen Augenblick später blickte der Mann wieder in die Ferne, direkt durch ihn hindurch – vermutlich hatte sich David das Erkennen nur eingebildet. Und das Wort auch. Als es an der Tür klopfte, erstarrten beide.

***

„David!"

Die Stimme seiner Mutter riss David aus dem Schlaf – fort von dem Glaskünstler und dem Laboratorium.

Der Junge drehte sich im Bett um und sah seine Mutter im Türrahmen stehen.

Sie hielt das Telefon in der Hand. „Ich hatte geklopft“, sagte sie und warf ihm einen vorwurfsvollen Blick zu. „Es ist Moritz.“
David setzte sich auf und nahm den Apparat entgegen. „Hallo?“ Seine Stimme klang schlaftrunken.
Moritz verlor keine Zeit mit Begrüßungen. „Wir müssen noch mal auf die Pfaueninsel“, sprudelte er los, „ich habe über den Glasmacher gelesen – du weißt schon, das Schild …“
„Ich weiß“, unterbrach David.

„Und an der Stelle, wo das Schild ist, muss früher eine Glashütte gestanden haben. Vielleicht gibt es ja noch Spuren."
David war plötzlich hellwach. „Glashütte?" David sah den Raum aus seinem Traum vor sich. Dann schüttelte er den Kopf. Das war im Baum gewesen, nicht am Schild.
Dann fiel ihm etwas ein. Könnte es vielleicht das gewesen sein, wonach die Männer neulich nachts gesucht hatten? Aber es gab ja keine Ruinen – zumindest hatten er und Moritz neulich keine gefunden. Er überlegte fieberhaft und hatte eine Idee: „Was, wenn es einen unterirdischen Raum gibt?"
Am anderen Ende der Leitung blieb es still. „Das könnte sein", rief Moritz nach einer Weile. „Die Glashütte selbst ist abgebrannt, schon vor ganz langer Zeit. Aber sie könnte ja einen Keller gehabt haben, der noch da ist!"
David stellte das Telefon auf Lautsprecher und zog sich blitzschnell an. „Wann treffen wir uns?"
20 Minuten später saßen die beiden auf ihren Fahrrädern und strampelten in Richtung Fähre. David war so aufgeregt, dass er seinen Traum und das Erlebnis von gestern beinahe vergaß. Jetzt gab es Wichtigeres zu tun.

Kapitel 21

David und Moritz konnten es kaum erwarten, bis die Fähre anlegte, und schossen los, kaum dass sich das Tor geöffnet hatte. Erst am Schild und dem Kunckel-Stein blieben die Jungen stehen. „Hier", sagte Moritz ein wenig ehrfürchtig.
Der Stein mit der Inschrift, die auf den Glasmacher hinwies, leuchtete zwischen den Sträuchern. Bisher war er bloß ein Stein gewesen – jetzt barg er ein Geheimnis. David schauderte ein bisschen. Der Mensch, dessen Name darauf eingemeißelt war – David war ihm schon begegnet! Und das fühlte sich sehr, sehr seltsam an.

„Du links, ich rechts?“, fragte Moritz und riss David aus seinen Gedanken. Er nickte. Beide duckten sich ins Gebüsch – Moritz auf der Uferseite, David auf der anderen.
David hatte den Blick fest auf den Boden geheftet. Er konzentrierte sich auf Steine und mögliche Fundament-Reste, die von einem Gebäude übriggeblieben sein mochten. Neulich hatten sie nichts gefunden, weil sie nicht an einen Keller oder Ähnliches gedacht hatten. Aber die Hecken standen hier, an der dem Ufer abgewandten Seite des Weges, so eng, dass die Jungen kaum Steine ausmachen konnten, nur moosüberzogene Erde und die Büsche.
Ein leiser Pfiff ließ David hochfahren. Er sah auf und entdeckte Moritz, der auf dem Weg zu ihm war. „Hast du was entdeckt?“ Moritz zog etwas Glitzerndes aus der Hosentasche.
Ein goldenes Schmuckstück in Form einer zusammengerollten Schlange, das mit unzähligen durchsichtigen Steinen bedeckt war, lag in Moritz' Hand. Den Kopf bildete ein roter Stein. „Wow!“, entfuhr es David. „Ist das ein Armband? Wo hast du das gefunden?“
„Es lag im Wasser, dicht am Ufer. Es hat geglitzert, da hinten“, er wies auf eine Stelle, nicht weit von ihnen entfernt.
„Das sieht wertvoll aus“, meinte David.
Moritz nickte. „Das da sind bestimmt Diamanten. Und das“, er zeigte auf den roten Stein, „könnte ein Rubin sein.“
„Dafür bekommen wir sicher einen Finderlohn“, sagte David nachdenklich.
Moritz betrachtete das Stück und runzelte die Stirn. „Irgendwie“, sagte er dann, „kommt mir das Armband bekannt vor. Ich hab das vor Kurzem irgendwo gesehen.“
David sah ihn fragend an. „Trägt deine Mutter so etwas?“, wollte er wissen. Moritz schüttelte den Kopf. „Bestimmt nicht. Ich glaube, es war auf einem Bild in der Zeitung.“
Er beschloss, zuhause nach den Zeitungen der vergangenen Woche zu suchen – vielleicht konnte er das Bild ja noch finden.
„Was machen wir damit?“, wollte David wissen.

„Wir bringen es zur Polizei."

„Und wenn hier noch mehr liegt?" Die beiden sahen sich um.

Ein Geräusch ließ beide erstarren. Auf dem Weg, kaum zehn Meter von ihnen entfernt, gingen zwei Männer. David stieß Moritz an. Einer der beiden war der unheimliche Fremde, der ihnen vor ein paar Tagen schon begegnet war. Ihm wollten sie auf keinen Fall noch einmal begegnen.

Die Jungen duckten sich und blieben regungslos sitzen. Sie wagten kaum zu atmen. Aber die Männer blickten nicht in die Richtung der beiden und waren wenig später nicht mehr zu sehen. „Uff", machte Moritz.

„Das war knapp", gab ihm David recht. Es erschien ihnen zu riskant, zum Weg zurückzugehen. So beschlossen sie, weiter durch das Gebüsch bis zu einem anderen Weg zu schleichen.
„Klong!" David erstarrte und Moritz blieb wie angewurzelt stehen. Der Boden unter Davids Füßen hatte hohl geklungen!
Die Jungen sahen sich an und blickten dann nach unten. Zu sehen waren nur Erde, Moos und ein paar Zweige.
David bückte sich und klopfte mit den Fingerknöcheln vorsichtig auf die Erde. Der Boden vibrierte. „Da ist es hohl!"
„Eine Falltür?", wisperte Moritz.
David schabte ein bisschen Erde beiseite und ertastete Holz. „Wow!"
Auch Moritz ging in die Hocke und beide setzten an, zu graben. Sekunden später hielten sie inne. Die Stimmen der beiden Männer waren wieder zu hören, diesmal deutlicher als vorher. David schob die Erde hastig zurück, um das Holz zu verdecken. Dann sah er sich um, zeigte auf eine dichte Hecke und sie verschwanden lautlos dahinter.
Die Männer sprachen gedämpft, und so sehr sich die Jungen auch anstrengten – sie konnten nicht verstehen, worüber sie sich unterhielten.
Es dauerte Stunden – so fühlte es sich jedenfalls an –, bis die Stimmen leiser wurden und schließlich verstummten. David atmete auf. Erst jetzt spürte er, dass er zitterte. Moritz sah nicht besser aus.
„Lass uns das hier", David zeigte auf den Boden, unter dem es so hohl geklungen hatte, „später machen und jetzt abhauen. Vielleicht kommen die nochmal zurück."
Moritz nickte. So etwas wie eben wollte auch er nicht noch einmal erleben. „Aber wie finden wir die Stelle wieder?", fragte er.
David sah sich um. Dann zeigte er auf einen jungen Baum, der deutlich schräger wuchs als die anderen. „Den hier werden wir wiedererkennen." Hoffentlich.
Zusammen schlichen sie durchs Gebüsch. Keiner von beiden sprach ein Wort, und bei jedem Knackgeräusch fuhren sie erschrocken herum. Als sie nach einer Weile auf einen Weg stießen, sahen sie sich vorsichtig um. Niemand war da.

Erleichtert sahen sie sich an, schlüpften zusammen aus der Hecke und wanderten schweigend in die Richtung, in der sie die Fähre vermuteten. Unterwegs drehten sie sich verstohlen immer wieder um – bereit, im Gebüsch zu verschwinden, falls sie zwei Männer auf dem Weg entdeckten. Für die beiden Pfauen, die ihren Weg kreuzten, hatten sie keinen Blick.
Auch als sie nach der Fährüberfahrt auf dem Fahrrad saßen, sprachen sie wenig. Das Abenteuer steckte ihnen noch in den Knochen.
„Was machen wir mit dem Armband?", fragte David, als sie vor Moritz' Tür standen. Moritz starrte ihn an. „Na, das Armband, das du gefunden hast!"
Moritz schüttelte den Kopf und grinste. „Das hatte ich fast vergessen." Sie beschlossen, ihren Fund am nächsten Tag zur Polizei zu bringen.

Kapitel 22

Pfaueninsel, 1689
Kunckel sah auf. Vor ihm stand ein Mann, dessen Gesicht durch eine Kapuze fast vollkommen verdeckt war. Er war so plötzlich in seiner Glashütte aufgetaucht, als sei er durch die Wand gekommen. Lautlos wie ein Panther. Kunckel konnte das Gesicht nicht sehen, aber er spürte die Macht, die von diesem Mann ausging. Und die Gefahr.
„Wer seid Ihr?", fragte Kunckel und hörte selbst die Unsicherheit in seiner Stimme.
„Ich bin niemand", antwortete der Mann, „aber der, der mich geschickt hat, ist von großer Bedeutung. Und er hat einen Auftrag für Euch."
Der Fremde ließ sich Zeit. Er schaute sich um, griff nach einem zarten Glas, das er betrachtete und danach behutsam wieder abstellte. Schließlich wandte er sich an Kunckel.
„Er benötigt ein Heilmittel, das als Orvietan bezeichnet wird", sagte er und blickte den Glaskünstler an. Dann zog er ein Blatt Papier aus der Tasche und reichte es

Kunckel, zusammen mit einem ledernen Beutel, in dem eine große Menge Münzen klimperte.

„Das ist eine Anzahlung. Wenn Ihr das Mittel bis zum Frühlings-Äquinoktium zusammenstellen könnt, bekommt ihr noch einmal zehn solcher Beutel", sagte er und verschwand.

Kunckel starrte den Beutel an, bis er es nicht mehr aushielt. Behutsam öffnete er das Band, das das weiche Leder zusammenhielt. Vor ihm lag ein Berg dicker goldener Münzen. Davon noch zehn, und er hätte für lange Zeit ausgesorgt.

Kunckel schluckte und nahm den Zettel in die Hand. Es war eine Liste mit 57 Zutaten, die er für das geheimnisvolle Heilmittel namens Orvietan benötigte. Den Namen hatte er schon gehört und er wusste, dass es viele Rezepturen mit unterschiedlichen Zutaten gab. Es war ein Mittel, das gegen Tollwut und Pest, aber auch gegen Bisse giftiger Tiere und die Wirkstoffe gefährlicher Pflanzen helfen sollte.

Jetzt las er die Zutatenliste, die sehr eindrucksvoll war. Ganz gewöhnliche Inhaltsstoffe wie Weinraute, Kalmus und Engelwurz waren dabei, aber auch exotische wie Diptam, Zimt, Vipernfleisch und Theriak, ein opiumhaltiges Allheilmittel, das ebenso schwer zu bekommen wie umstritten war. Und dann erstarrte Kunckel. Denn auf der Liste stand auch „Roter Löwe" – eine Umschreibung des roten Steins, mit dem er, Kunckel, jetzt schon eine Weile arbeitete: der Stein der Weisen.

Kunckel spürte, wie ihm kalter Schweiß ausbrach. Der geheimnisvolle Auftraggeber musste wissen oder zumindest ahnen, dass er, Kunckel, im Besitz des Steines war. Er zwang sich weiterzulesen. Alle anderen Zutaten waren auf legalem Weg und ohne große Schwierigkeiten zu beschaffen. Alle bis auf den Stein der Weisen, für den mancher Mensch bereit war, einen Mord zu begehen.

Aber woher wusste der Mann, dass Kunckel diesen Stein besaß? Eine eiskalte Angst ergriff sein Herz.

Unruhig wanderte er durch die Glashütte. Seine Hände zitterten, und die Gedanken liefen Amok. Seine einzige Chance war, das Mittel rechtzeitig und zur vollen Zufriedenheit seines unbekannten Auftraggebers fertigzustellen. Wenn ihm das gelang, konnte er vielleicht auf das Wohlwollen und den Schutz des Fremden hoffen. Oder er musste fliehen.

Kunckel seufzte. Es würde eine große Aufgabe sein, alle diese Zutaten in so kurzer Zeit zu bekommen. Das Frühlings-Äquinoktium, die Tag- und Nachtgleiche, war nur noch zwei Wochen entfernt – er wusste, dass ihm ein Wettlauf mit der Zeit bevorstand. Ein Wettlauf um sein Leben.

Kapitel 23

David staunte nicht schlecht, als Moritz am nächsten Morgen schon um acht Uhr bei ihm auftauchte. „Guck dir das an", rief er und schob David eine Zeitungsseite ins Gesicht.

Davids Blick fiel auf das einzige Foto auf der Seite. Es zeigte das Armband, das Moritz gefunden hatte! Eine goldene Schlange mit unzähligen Diamanten und einem roten Stein als Kopf.

Der kurze Text dazu besagte, dass dies eines der Schmuckstücke war, die Gangster vor zwei Jahren aus den Schließfächern einer Bank gestohlen hatten.

„Hier steht", las David vor, „dass die Ermittlungen eingestellt wurden."

„Ja", warf Moritz ein, „und die Zeitung hat die Bilder einiger Schmuckstücke jetzt auf Wunsch der Besitzer nochmal abgedruckt."

„Vielleicht hat die Information, dass die Ermittlungen eingestellt worden waren, die Diebe aus ihren Verstecken gelockt und sie versuchen jetzt, ihre Beute zu holen?" David nickte. Das erschien ihm möglich. Er las weiter.

„Armband ‚Serpenti' von Bulgari aus 18-karätigem Roségold, mit Diamanten ausgefasst und einem roten Rubellit-Stein, Wert: 23.000 Euro" .

„23.000 Euro?" David war fassungslos. Kein Wunder, dass das Armband in einem Banktresor lag. Er wusste nicht, was Rubellit war, aber Gold und Diamanten, das war schon was. David blickte Moritz an. „Es ist hundertprozentig aus dem Tunnelraub. Aber das erklärt nicht, was auf der Insel los war", warf er ein. „Haben sie die Beute hingebracht? Oder von dort weggeholt?"

Moritz überlegte. „Ich schätze mal, sie haben sie hingebracht", überlegte er. „Es sah so aus, als ob sie etwas suchen. Und wenn sie die Beute hätten wegbringen wollen, dann hätten sie doch gewusst, wo sie ist, oder?"
David nickte. Das war plausibel. „Deshalb waren sie in der Dämmerung unterwegs. Um nicht mit Geldsäcken oder so gesehen zu werden."
„Und das würde", fuhr er fort, „auch das Armband im Wasser erklären. Am Tage hätten sie es vermutlich gleich wieder aufgehoben, aber im Dunkeln haben sie vielleicht gar nicht gemerkt, dass ihnen etwas ins Wasser gefallen ist."
„Was machen wir jetzt mit dem Armband?", wollte David wissen.
„Das bringen wir zur Polizei", sagte Moritz. „Jetzt gleich." Mit einem so kostbaren Gegenstand fühlte er sich nicht wohl, er wollte ihn so schnell wie möglich wieder loswerden.

Kapitel 24

Der Beamte im Polizeirevier sah gelangweilt auf, als die Jungen sein Büro betraten. Es war einer dieser typischen Räume mit hellen Möbeln, museumsreifen Computern und ein paar müde aussehenden Büropflanzen, die kurz davor waren, den Kampf gegen Staub und Trockenheit zu verlieren. Auf dem Tisch des Beamten stapelten sich Papiere und rote Mappen mit Aufschrift.
Die Jungen begannen zu erzählen. Von der Entdeckung im Wasser und von den beiden Männern, die ihnen begegnet waren. Der Beamte sah sie über den Rand seiner Brille an. Diesmal mit interessiertem Blick. „Wie sahen sie aus?"
Es war nicht einfach, Gesichter zu beschreiben. Auf Einzelheiten hatten sie in der Aufregung nicht geachtet. Immerhin gelang es ihnen, sich an ein paar Details zu erinnern. Der Beamte schrieb mit.
Eine halbe Stunde später standen die Jungen wieder draußen. Der Polizist hatte sie ernst genommen. Immerhin. Als sie den Tunnelraub erwähnten, war er

skeptisch gewesen. Aber das Armband hatte ihn ganz offensichtlich beeindruckt. Der Beamte nahm das Schmuckstück entgegen und notierte ihre Adressen. „Wegen eines möglichen Finderlohns", wie er sagte.

„Was machen wir jetzt?", fragte David, als sie das Polizeirevier verlassen hatten. „Die Falltür suchen?" Die hatten sie dem Beamten gegenüber nicht erwähnt – immerhin konnte sie ja mit dem Tunnelraub nichts zu tun haben, sie war vollkommen mit Pflanzen und Erde bedeckt.

Moritz schüttelte den Kopf. „Da wimmelt es demnächst von Polizei", warf er ein. Jedenfalls vermutete er das. Ein Fund wie das Armband sollte die Ermittlungen ja doch wieder in Gang bringen, oder?

„Wir sollten lieber bis morgen warten. Ich glaube nicht, dass sie die Falltür finden – die ist einfach viel zu weit weg vom Ufer. Aber wenn wir da jetzt hingehen und buddeln, fällt sie vielleicht doch auf."

David nickte. Moritz hatte recht. Er war zwar mächtig gespannt auf das, was sich unter der Tür verbarg, aber es schien tatsächlich vernünftig zu sein, ein bisschen zu warten. „Ich frage mich, wo man einen Sack voller Geld und Schmuck auf der Insel verstecken kann. Die Häuser sind ziemlich weit weg von der Stelle, an der die Männer an Land gegangen sind."

Genau das hatte Moritz auch schon gedacht. „Was, wenn es noch mehr Falltüren gibt? Näher am Ufer?"

Das wäre möglich. „Morgen früh fahren wir hin", beschloss David. Die Falltür ließ ihm einfach keine Ruhe.

Die beiden verabredeten sich für den kommenden Morgen, und David verschwand sofort in seinem Zimmer. Er wusste, dass er sich auf nichts konzentrieren konnte, was nicht mit ihrem Fund, der Falltür und den Männern zu tun hatte. Da konnte er sich genauso gut auf den Besuch morgen vorbereiten. Entschlossen suchte er online nach der Pfaueninsel und holte auch die Infobroschüre hervor.

Wie mochte es dort zu Kunckels Zeit ausgesehen haben? Viele Gebäude hatte es damals jedenfalls noch nicht gegeben. Das berühmteste, das wusste David, war das weiße Schloss, das 1794, also fast 100 Jahre nach Kunckel, ein Geschenk

König Friedrich Wilhelms II. für seine Geliebte Wilhelmine Encke gewesen war. Das Fachwerkgebäude, das mit Holz verkleidet ist und als Ruine erbaut wurde, war mehr Schein als Sein, aber das mit so viel Stil und Sinn für Ästhetik, dass Besucher heute noch mit offenem Mund davorstanden. David staunte über die Malereien im Inneren des Schlosses, die eine Phantasievorstellung der Südseeinsel Tahiti darstellen. Soviel Aufwand für eine Ruine!

Auch das Kavaliershaus hatte eine spannende Geschichte. Ursprünglich stand es im polnischen Danzig. Dort würde es vermutlich auch heute noch stehen, wenn nicht König Friedrich Wilhelm III. ein Auge darauf geworfen hätte. Er ließ es abtragen und in Einzelteilen auf dem Wasserweg auf die Pfaueninsel bringen. Auf der Insel stand seit 1804 ein Gutshof, bestehend aus einem Wohnhaus, einer großen Scheune und zwei Ställen.

Der berühmte preußische Baumeister Karl Friedrich Schinkel überzeugte den König, die Danziger Fassade für die Umgestaltung des Gutshauses zum Kavaliershaus zu verwenden. Das 1825 fertiggestellte Gebäude sollte Sommerwohnung und Gästehaus werden. Der Baumeister lieferte ein Meisterwerk ab, dem man nicht ansah, dass es aus zwei Häusern zusammengesetzt wurde.

Mit seinem großen und dem etwas kleineren Turm, den unterschiedlich gestalteten Fenstern und den vielen Verzierungen ist das Gebäude so spektakulär, dass es in den 1960er-Jahren zur Kulisse für die Edgar-Wallace-Filme „Die Tür mit den sieben Schlössern", „Der Mönch mit der Peitsche", „Neues vom Hexer"

und „Der Hund von Blackwood Castle“ wurde. David kannte keinen der Filme, aber die Titel klangen schon ziemlich gruselig. Er las weiter.
Die Meierei wurde wie das weiße Schloss 1794 erbaut. Dass sie aussah wie eine Klosterruine, war beabsichtigt – künstliche Ruinen waren modern in jener Zeit, aber mit einem Kloster hatte sie nichts zu tun. Im Erdgeschoss standen früher Kühe. Der König und seine Geliebte hatten großes Vergnügen daran, sie zu melken und in der Molkenstube Milchrahm zu Butter zu schlagen. Im oberen Stockwerk gibt es einen prachtvollen Saal, aus dessen Fenstern man eine wunderschöne Sicht über die Insel hat.

Kapitel 25

David betrachtete Luftbildaufnahmen von den Gebäuden und der Insel, auf der sie standen. Sie ähnelte einem Walfisch mit aufgestellter Schwanzflosse. Die Meierei, der Luisentempel und das Kavaliershaus standen nicht allzu weit vom Fundort des Armbandes entfernt. Aber ob es dort Keller gab, in denen man etwas Großes verstecken konnte? Und in die man vor allem ohne große Probleme hineinkam? Es erschien David riskant, denn immerhin waren diese Bauwerke Touristen-Attraktionen.
Weiter oben, neben der Meierei, gab es Ställe, aber die sahen so aus, als ob sie noch genutzt würden, und David bezweifelte, dass jemand darin etwas unterbringen würde. Es sei denn, die Verbrecher hätten Komplizen unter den Leuten, die dort arbeiteten.
David fiel das flache Gebäude neben den Ställen ein, das ihn vor einigen Tagen so merkwürdig angezogen hatte. Dort, so beschloss er, würden sie nachsehen. Nach einem Keller hatten sie schließlich bisher nicht gesucht.
Die dritte Möglichkeit war das Kavaliershaus, das etwas weiter im Inselinneren stand. David betrachtete die Wege und schüttelte den Kopf. „Dann wären

sie nicht so weit nördlich aus dem Boot gestiegen, sondern weiter südlich, am Beelitzer Jagdschirm ungefähr", murmelte er.
David seufzte. Die meisten Gebäude kamen also eher nicht in Frage. Vielleicht war die Idee mit einem verborgenen Keller gar nicht so abwegig. Auch wenn es schwer sein würde, eine Falltür zu finden. Die, die David entdeckt hatte, wäre ihnen jedenfalls nie aufgefallen, wenn er nicht zufällig daraufgetreten wäre – und sie war viel zu überwuchert, als dass jemand sie kürzlich benutzt haben könnte. Trotzdem wollten sie ihr morgen einen Besuch abstatten. Was mochte sich wohl darunter verbergen? Er konnte es kaum erwarten, zur Pfaueninsel zurückzukehren.

Der Alchemist warf einen Blick auf die Beutel und Glasgefäße, die vor ihm auf dem Tisch standen. 57 Stück waren es, und sie enthielten die Zutaten für Orvietan. Zu seiner größten Überraschung hatte er keine Probleme gehabt, die Kräuter und anderen Bestandteile und selbst das exotische Theriak zu bekommen. So konnte er sich früher als gedacht ans Werk machen, das Heilmittel herzustellen.
Es wurde hauptsächlich gegen Vergiftungen eingesetzt, auch gegen solche, die lebensbedrohlich waren. Schlangen- und Skorpionbisse etwa, aber auch das Gift gefährlicher Pilze und Pflanzen und selbst die Pest verloren durch Orvietan ihren Schrecken. Dass keines der Rezepte, auf die Kunckel bei seinen Recherchen stieß, den Stein der Weisen enthielt, beunruhigte ihn zutiefst.
Der Alchemist zerbrach sich den Kopf, wer der Auftraggeber war und wofür er das Mittel wohl benötigte.
Doch so sehr der Glasmacher auch nachdachte, er kam auf keine Lösung. Zu Lebzeiten des Kurfürsten war er ein häufiger Gast am Hof gewesen, aber er hatte nicht zum inneren Zirkel gehört, der auch in mögliche Intrigen eingeweiht war.
Leider fand er auch keine Antwort auf die Frage, warum der Fremde ausgerechnet ihn mit der Herstellung des Mittels betraut hatte. Es war nur wenigen Menschen

bekannt, dass sich Kunckel nebenbei mit Alchemie befasste – von den Gerüchten mal abgesehen. Zudem gab es auch weit bedeutendere Alchimisten als ihn.

Er zuckte mit den Schultern und machte sich an die Arbeit.

Mit einem Glasstab vermischte Kunckel die Zutaten zu einer Art sehr flüssigen Gelees, der intensiv duftete: ätherisch, weil das Mittel Baldrian und Kalmus enthielt, würzig, weil Majoran darin steckte. Und es roch nach etwas, das er nicht beschreiben konnte. Der Duft des Orvietans war kräftig, aber nicht unangenehm, und Kunckel war klug genug, eine größere Menge als die bestellte herzustellen. Man konnte ja nie wissen – immerhin hatte er mit dem Tod des Kurfürsten seinen wichtigsten Unterstützer verloren. Er füllte die Flüssigkeit in eine braune Glasflasche, deren leeres Etikett er auf Befehl seines Auftraggebers mit „Arzney" beschriftete.

Er verkorkte das Gefäß sorgfältig. Dann griff er nach einer Stange aus glänzendem rotem Siegellack, erhitzte sie über einer Kerzenflamme und ließ den Lack auf den Korken tropfen. Er drehte das Fläschchen, bis der Korken vollständig mit Siegellack bedeckt war, und stellte das Gefäß ab, um den Lack trocknen zu lassen. Aus einer Schublade zog er eine kleine, längliche Phiole, griff nach seinem feinsten Pinsel und tauchte ihn in ein Glas mit schwarzer Farbe. Behutsam zog er einen Fingerbreit unterhalb des Verschlusses eine feine schwarze Linie rund um das Glas. Sie markierte die Menge, die eingenommen werden musste, um Gifte zu neutralisieren. Als die Farbe getrocknet war, wickelte er das zarte Glas in ein Stück Stoff.

Die braune Flasche und die Phiole steckte er in einen Lederbeutel, verschnürte ihn sorgfältig und übergab ihn einem Boten. Sein Auftraggeber schien sicherstellen zu wollen, dass er anonym blieb.

Den Rest des Orvietans füllte Kunckel für sich selbst in eine braune Glasflasche, die er mit einem unauffälligen „O" beschriftete und in seine Jackentasche steckte.

Die Furcht aber blieb. War er in Gefahr, weil er DEN STEIN besaß und es einen mächtigen Menschen gab, der davon wusste?

Kapitel 26

Keine Nachricht über den Fund. David und Moritz waren enttäuscht. In der „Abendschau" wurden weder das Armband noch die Pfaueninsel erwähnt.
„Vielleicht wollen sie es geheim halten, damit die Täter nicht aufgeschreckt werden", überlegte David, als Moritz nach dem Abendessen bei ihm anrief.
Moritz schwieg.
„Was meinst du?" drängte David.
Moritz lachte. „Ich habe genickt", kicherte er dann, „aber das konntest du ja nicht sehen. Aber im Ernst: Das ist bestimmt der Grund. Die sind ja noch nicht verhaftet worden. Mich wundert nur, warum der Polizist uns nicht gesagt hat, dass wir das für uns behalten sollen. Wir hätten ja auch zur Zeitung gehen können."
„Stimmt." David musste seinem Freund recht geben.
„Aber", warf er dann ein, „wer bei der Zeitung würde zwei Kindern schon glauben?"
„Auch wieder wahr."
Die beiden besprachen die Einzelheiten für den nächsten Tag und legten auf.

* * *

Heiß. Brennend heiß. David spürte, wie ihm der Schweiß von der Stirn rann. Das T-Shirt klebte an seinem Körper, die Augen tränten.
Feuer! Ein Krachen ließ ihn hochfahren. Vor ihm stürzte ein Regal in sich zusammen, einige Splitter flogen David gegen den Arm. Er duckte sich hastig, um sein Gesicht zu schützen. Er wich zurück, doch die Flammen kamen immer näher. Raus hier, dachte er, nur weg! Das Herz schlug ihm bis zum Hals. Als vor ihm erneut ein Holzbalken zu Boden krachte, machte er einen Satz nach hinten und warf einen Stuhl um. Immer weiter zurück ging er, bis er an eine Wand stieß.
Endstation. Er war gefangen. Vor ihm war die Feuerwand, die einen unglaublichen Lärm machte, aber glücklicherweise doch nicht mehr näher zu kommen schien.

Die Hitze war hier, an der Wand, sogar ein bisschen erträglicher. Zumindest glaubte er, atmen zu können.
Aber der Rauch war überall. Er kroch ihm in die Augen und in die Nase. David konnte nichts sehen außer Flammen und Rauch und nichts hören außer krachendem Holz, splitterndem Glas und dem donnernden Lodern der Flammen. Wo zum Teufel war die Tür, wo das Fenster?
In einer Ecke bewegte sich etwas. Ein Schatten, der durch die Flammen kaum zu sehen war. Ein anderer Mensch?
David wollte rufen, aber es wurde nur ein Husten daraus. Mit tränenden Augen sah er nach dem Schatten, als plötzlich eine Gestalt vor ihm auftauchte. Der Mann musste geschwebt sein – anders hätte er sich den Weg durch die herabgestürzten Holzbalken kaum so schnell bahnen können.
Der Junge starrte auf den Mann, der sich ihm näherte. Er konnte nur unscharf sehen durch die Tränen und den Rauch, aber er erkannte das Gesicht. Der Glasmacher.
Sekunden später spürte David, wie etwas Schweres in seine rechte Jackentasche geschoben wurde – und der Mann verschwand so schnell, wie er gekommen war. David machte einen Schritt nach vorne um ihm zu folgen. Links von ihm stürzte ein Regal um und Glassplitter regneten auf den Boden. Und um ihn herum wurde es schwarz.

Kapitel 27

Kunckel stand vor dem Ruin. Ein verheerendes Feuer hatte die Glashütte zerstört und war durch den Verbindungsgang auch in sein unterirdisches Laboratorium gelangt, wo es großen Schaden anrichtete. Die Reste des Holztisches ragten wie ein Skelett in die Höhe, die Glasbehälter lagen zerschmettert auf dem Boden. Viele kunstvolle, noch nicht ganz fertiggestellte Gläser waren in der Hitze geborsten. Kunckel starrte die Überreste an. Sechs Monate Arbeit – einfach verbrannt. Seine Gerätschaften –

zerstört. Die Rohstoffe – unbrauchbar. Was war nur geschehen? Hatte er die Glut in einem der Öfen nicht vollkommen gelöscht? Er war sicher, dass kein Funken mehr geglüht hatte, als er die Glashütte verlassen hatte. Es musste etwas anderes dahinterstecken.

Brandstiftung! Kunckel zuckte zusammen, als ihm dieser Gedanke kam. Er war schlagartig vollkommen sicher, dass jemand das Feuer gelegt hatte. Aber wer konnte so etwas getan haben? Wer hätte etwas davon?

Es musste mit dem Stein der Weisen zu tun haben, mit dem Orvietan oder mit dem geheimnisvollen Auftraggeber. Vielleicht aber auch mit dem neuen Kurfürsten, der aus seinem Misstrauen Kunckel gegenüber nie ein Geheimnis gemacht hatte. Die Furcht des Alchemisten war begründet gewesen.

Irgendjemandem war es gelungen, ungesehen auf die Insel zu kommen. Kunckel spürte, wie sich eine Last auf ihn legte, die er bisher nicht gekannt hatte: Todesangst. Zögernd und mit zitternden Knien trat er über Glasscherben zu dem einzigen Regal, das das Feuer nur angefressen hatte, und hob behutsam ein heil gebliebenes Glas an, das in einer Reihe mit zehn ähnlichen Stücken stand.

Die elf Gläser waren für den Berliner Hof bestimmt, immerhin hatten sie das Feuer bis auf ein paar Ascheflecken unbeschadet überstanden. Aus einer halb zerstörten

Schublade zog er einige Arbeitsgeräte, die er noch verwenden konnte, außerdem drei Phiolen mit brauner Substanz und ein Brenngerät, das er möglicherweise wieder zum Leben erwecken konnte.
Sorgfältig packte er all das, was heil geblieben war, in einen ledernen Koffer und trat zur Tür. Nach einem letzten Blick in den verkohlten Raum drehte er sich um und trat ins Freie.

David riss die Augen auf. Das Feuer! Panisch sah er sich um, doch dunkelste Finsternis umgab ihn. Und Stille. War er etwa tot? Aber dann würde er wohl sein Herz nicht hämmern hören.
Verwirrt tastete er neben sich. Weich. Warm. Er saß in seinem Bett und hatte das Feuer nur geträumt. David ließ sich zurück in die Kissen fallen. Das Hämmern in seiner Brust ließ langsam nach.
Dieser Traum, er hatte sich so wirklich angefühlt, als hätte er tatsächlich mitten im Feuer gestanden. Er war überzeugt, in dieser Nacht kein Auge zutun zu können. Noch immer glaubte er, das Krachen des Holzes zu hören – er hätte nie gedacht, dass ein Feuer so laut ist. Die totale Stille im Raum irritierte ihn und war gleichzeitig so beruhigend nach dem Höllenlärm, dass er ein paar Sekunden später einschlief.

Kapitel 28

Das Schrillen des Telefons riss David aus dem Schlaf. Gedankenfetzen über ein Feuer schwirrten in seinem Kopf herum. Aber als er die Augen öffnete, sah alles um ihn herum ganz normal aus. Sekunden später wurde die Tür aufgerissen und seine Schwester steckte den Kopf in sein Zimmer. „Telefon!", rief sie, viel zu fröhlich für die frühe Stunde. Sie hielt ihm den Hörer hin. Schlaftrunken griff David danach.

„Hey, ich bin's", kam Moritz' muntere Stimme aus dem Telefon. „Wollten wir nicht los? Ich kann es kaum erwarten!"
David schoss aus dem Bett, den Hörer in der Hand. Die Falltür! Heute würden sie erfahren, was sich darunter verbarg.
Eine halbe Stunde später stand er in dunkler Kleidung vor Moritz' Haus. Bevor er klingeln konnte, wurde die Tür aufgerissen. Moritz stand genauso unauffällig gekleidet vor ihm.
„Was hast du mit?", wollte Moritz wissen und zeigte auf Davids kleinen Rucksack.
„Zwei Brote, Wasser, Kekse, eine Taschenlampe und zwei Paar Gartenhandschuhe", zählte David auf. „Hast du vielleicht eine Schaufel?"
Wortlos verschwand Moritz im Haus und kam Augenblicke später mit einem kurzen Spaten zurück. „Geht der?"
„Na klar!"
Die beiden setzten sich auf ihre Fahrräder und fuhren los. Schneller als sonst und ein bisschen aufgeregter auch. „Hast du gehört, ob die Polizei schon auf der Insel war?", wollte David wissen.
Moritz schüttelte den Kopf. „Im Radio lief nichts", sagte er. „Aber ich glaube nicht, dass das veröffentlicht wird. Die wollen ja die Verbrecher nicht vorwarnen."
Auf der Fähre schwiegen die Jungen – sie wollten nicht, dass die wenigen anderen Menschen etwas von ihren Plänen erfuhren. Davids Gedanken schweiften zurück zur letzten Nacht, und er erschauderte.
Das Feuer war so realistisch gewesen, dass er immer noch glaubte, den Brandgeruch wahrzunehmen.
„Habt ihr gestern gegrillt?"
David starrte Moritz verwirrt an. „Nein. Warum?"
„Deine Haare riechen nach Rauch."
David erstarrte. War es doch wieder kein Traum gewesen? Ihm schwirrte der Kopf.
Moritz sah ihn verwundert an. „Alles klar mit dir?"
„Ja, sorry, ich war in Gedanken. Keine Ahnung, woher der Geruch kommt." David fand selbst, dass er lahm klang, aber ihm fiel auf die Schnelle

keine bessere Antwort ein. Diese Träume konnte er Moritz unmöglich erzählen. Und noch weniger die Dinge, die er im Traum erlebt hatte.

Oder im Nicht-Traum …

Mit einem leisen Ruck legte die Fähre auf der Insel an und David schüttelte die Gedanken ab. Jetzt war die Falltür dran.

Die beiden waren wieder die Ersten, die von Bord gingen. Es war kühl und unangenehm windig auf der Insel. Dunkle Wolken hingen tief am Himmel und Regen lag in der Luft. Die beiden beschleunigten ihre Schritte. Wenig später waren sie am Jagdschirm.

Sie wanderten schweigend. Ob die Polizei wohl noch mehr Schmuck gefunden hatte? David war wieder bei seinem Traum. Er starrte intensiv auf den Boden. Plötzlich hörte er etwas, sah auf und erstarrte. Da stand der Glasmacher.
David warf Moritz einen Blick zu, aber der schien direkt durch den Mann hindurchzusehen.
Er öffnete den Mund, aber der Mann schüttelte den Kopf. David schloss den Mund wieder und sah zu, wie Kunckel einen kleinen Gegenstand auf einer Bank ablegte. Sekunden später war er verschwunden.
David zwang sich, langsam weiterzugehen. Am liebsten wäre er zur Bank gerannt, um nachzusehen, was dort lag. Prüfend schaute er zu Moritz, aber der war damit beschäftigt, aufs Display seines Handys zu schauen.
Wie war das möglich, dass er, David, den Glaskünstler sehen konnte, aber Moritz offensichtlich nicht? „Ich muss verrückt geworden sein", murmelte er.
Moritz sah auf. „Was?"
David schüttelte den Kopf. „Nichts, ich hab nur laut gedacht." Moritz grinste ihn an und blickte wieder auf sein Handy.
Als sie die Bank erreichten, schielte David auf die Sitzfläche.
Ein Schlüssel. Er lag an der Seite, wie beiläufig abgelegt. Es war ein leicht angerostetes Stück Metall mit breitem Bart und einem ringförmigen Griff.
David blieb stehen und hob den Schlüssel auf. Sein Herz raste.
Moritz sah auf. „Hast du was gefunden?"
„Ja!" David zeigte ihm den Schlüssel.
Moritz nahm ihn in die Hand und betrachtete ihn prüfend. „Alt", murmelte er. „Aber nicht so alt. Wahrscheinlich für einen Keller oder so. Aber wie kommt der hierher?"
„Hat wahrscheinlich einer verloren, der auf der Bank gesessen hat", sagte David und versuchte, sein rasendes Herz zu beruhigen.
Wie war das möglich? Der Mann war nur ein Traum. Oder? David atmete tief durch und steckte das Metall in seine linke Hosentasche.
„Guck mal, da rechts!", rief Moritz und lenkte ihn von seinen Grübeleien ab. „Siehst du das auch?"

David folgte Moritz' Blick. Ein Stück vom Weg entfernt war der Boden zertrampelt. „Die Verbrecher oder die Polizei?", fragte Moritz.
„Die Polizei", sagte David. „Die Verbrecher haben nicht so viele Spuren hinterlassen." Ganz sicher war er sich aber nicht.
„Ob sie ...", fing Moritz an.
„... noch etwas gefunden haben?", setzte David fort.
Wenig später blieben sie stehen. Hier war die Stelle, an der sie links in die Büsche gehen mussten. Die beiden sahen sich um. Angespannt lauschten sie, aber außer dem Wind und einem Pfau war nichts zu hören. „Dann los!", sagte David.
Die beiden schlichen auf leisen Sohlen ins Gebüsch. Kurz darauf war der Weg aus ihrem Sichtfeld verschwunden.

Kapitel 29

Beinahe hätten die Jungen die Falltür nicht gefunden. Der Baum, der David vor ein paar Tagen noch so auffällig vorgekommen war, ging unter im Dickicht der anderen Bäume. Aber der Zufall kam den beiden zu Hilfe, denn irgendwann trat Moritz auf das Holz und das hohle Geräusch ließ beide innehalten.
„Da ist sie!", grinste David.
Die beiden sahen sich verstohlen um. Niemand war zu sehen oder zu hören. Mit dem Spaten, den Moritz aus dem Garten stibitzt hatte, machten sie sich daran, das Holz freizulegen.
„Was macht ihr denn da?"
Die beiden Jungen fuhren so hastig hoch, dass sie fast mit den Köpfen zusammengestoßen wären. Vor ihnen stand ein rothaariges Mädchen, dessen Gesicht David aus der Schule kannte. „Das könnten wir dich fragen", gab Moritz zurück – er hatte sich schneller von dem Schreck erholt.
„Ist das eine Falltür?"

David nickte. Ihm fehlten die Worte. Sie hatten so aufgepasst, und trotzdem hatten sie nicht gehört, wie sich das Mädchen genähert hatte.
„Ich bin Tessa", stellte sich die Rothaarige vor, und ihre grünen Augen funkelten. Die beiden Jungen nannten zögernd ihre Namen.
„Was ist, wollt ihr nicht wissen, was darunter ist?", fragte sie und zeigte auf die Falltür. David und Moritz sahen einander an. Und nun?
Moritz fasste sich als Erster. Er zuckte mit den Schultern und schabte weiter auf dem Holz herum. David hockte sich neben ihn, und wenig später begann auch Tessa zu helfen. Die drei wechselten kein Wort. David ärgerte sich, dass er nicht besser aufgepasst hatte. Aber jetzt konnten sie nicht einfach aufhören – Tessa hatte schon zu viel gesehen und würde sich sicher nicht abwimmeln lassen. Seufzend schabte er weiter.
Nach einer Viertelstunde hatten sie die Falltür freigelegt. Es war altes Holz, das aber noch erstaunlich stabil aussah. Nur die Metallnieten, die die Holzplanken verbanden, waren verrostet.
David bückte sich, um die Falltür genauer zu betrachten. Sieben Planken von jeweils etwa einem halben Meter Länge, mit Nieten zusammengefügt. An einer Seite gab es eine kreisrunde Verdickung aus Metall. Moritz tastete danach. Der Kreis ließ sich verschieben. Ein altes Schloss kam zum Vorschein. „Vielleicht ist sie nicht abgeschlossen", überlegte Tessa, und David begann, am Rand der Tür zu ziehen. Sie gab nicht nach.
David runzelte die Stirn. So dicht am Ziel, und jetzt das?
„Hey, was ist mit dem Schlüssel, den du vorhin gefunden hast?" Moritz sah seinen Freund an.
„Glaub ich nicht", sagte David.
„Schlüssel?", fragte Tessa.
David hatte keine Lust, es ihr zu erklären, aber Moritz zuckte mit den Schultern.
„Den habe ich eben auf einer Bank gefunden", sagte David dann.
„Zeig her", forderte Tessa, und David reichte ihn ihr.
„Probier es doch einfach mal, David", drängte Moritz. Doch statt ihn David zurückzugeben, schob Tessa den Schlüssel ins Schloss. Er passte. Die Jungen

rissen die Augen auf. Tessa begann, den Schlüssel herumzudrehen. Ein leises Klicken ertönte.

Davids Kopf dröhnte. Wie war das möglich? Woher wusste der Glaskünstler, was sie vorhatten? Konnte er etwa Gedanken lesen? Und kannte er die Falltür?

„Wow, das nenne ich Zufall", murmelte Moritz und schüttelte den Kopf. „Das ist abgefahren – die Tür ist seit Ewigkeiten verschlossen gewesen, aber der Schlüssel liegt auf einer Bank?"

„Von welcher Bank sprecht ihr?", fragte Tessa. Als sie erfuhr, dass es eine war, die ziemlich weit entfernt stand, riss sie überrascht die Augen auf.

David schüttelte leicht den Kopf. „Ich finde das ziemlich unheimlich."

Moritz nickte. „Ich auch", murmelte er.
Die drei starrten tief in Gedanken versunken den Schlüssel an und schwiegen.
„Vielleicht", überlegte Moritz, „hat den jemand verloren, der nach der Tür gesucht hat?" Das schien ihm die beste Erklärung zu sein.
David nickte. Er wusste es besser, aber wie hätte er es Moritz erklären sollen? So schwieg er lieber. Moritz überlegte weiter. „Ich hoffe nur, es waren nicht die Typen von neulich."
Die Jungen erschauderten und schauten sich unwillkürlich um.
Tessas Blick war ein einziges Fragezeichen. David und Moritz sahen einander an. Sollten sie das Mädchen in ihr Geheimnis einweihen? Dann seufzte David und erzählte von dem Licht, das sie vor ein paar Tagen spätabends auf der Pfaueninsel gesehen hatten. Moritz ergänzte die unheimliche Begegnung und am Ende erzählten sie ihr auch noch von dem Armband, das sie gefunden hatten.
„Wow", sagte Tessa. „Meine Mutter arbeitet auf der Insel und ich bin in den Ferien dauernd hier, aber so etwas habe ich noch nie erlebt." Sie klang beinahe enttäuscht. Dann blickte sie erwartungsvoll auf die Tür.
„Na los", sagte David. Gemeinsam begannen sie, die Tür anzuheben.
Sie war erstaunlich schwer. Zu dritt schafften sie es, sie ein Stück zu bewegen, doch zu wenig, um hineinsehen zu können. David sah sich um und entdeckte einige große Steine. Mit vereinten Kräften schoben sie sie unter das Holz und klemmten noch einen Ast zwischen Erde und Tür.
Moritz beugte sich vor und hielt die Taschenlampe in die Tiefe. „Es reicht noch nicht, wir müssen die Tür mehr anheben", rief er, und David schleppte noch zwei weitere Steine an. Jetzt ragte die Tür weit genug hoch, dass sie sich hindurchzwängen konnten. Der Lichtkegel fiel in einen etwa drei Meter tiefen Raum von ungefähr zwei mal zwei Metern Größe. Eine Holzleiter, die alt und ziemlich wacklig aussah, lehnte an einer Seite.
„Hmm", sagte Moritz. „Sieht leer aus."
David spähte nach unten. Der Raum, den die Tür verschloss, war eher ein Schacht, der einfach in die Erde gehauen worden war. Ein leerer Schacht, um genau zu sein.

Kein Laboratorium.
David war enttäuscht. Warum hatte sich der Glasmacher die Mühe gemacht, ihn den Schlüssel finden zu lassen, wenn die Tür in einen leeren Raum führte? Das war komplett unlogisch.
Ein Geräusch ließ sie herumfahren.
Stimmen. Sie waren ein Stück entfernt, und die drei konnten niemanden sehen, aber es schien, dass sie näher kamen. Konnten es die beiden Männer von gestern sein?
Ohne weitere Worte schob Moritz die Taschenlampe in seine Jackentasche und angelte mit dem rechten Fuß nach der Leiter. Sekunden später war er am Boden des Schachtes. Einen Augenblick später folgte ihm Tessa. David atmete noch einmal tief durch, bevor auch er begann hinabzusteigen.
„Vielleicht gehen sie ja woanders hin“, murmelte Moritz. Er klang selbst nicht überzeugt.
Nur wenig Licht drang bis nach unten, es war kalt und ein bisschen feucht. Die drei standen stocksteif in der Dunkelheit und wagten kaum zu atmen. Sie lauschten, doch die Stimmen waren nicht mehr zu hören.
Moritz leuchtete die Wände an. Obwohl die Falltür ein Stück angehoben war, war es hier unten ziemlich dunkel. David klopfte sacht gegen eine der Wände. Es gab ein dumpfes Geräusch. Sekunden später hörten sie einen Stein rollen und die Falltür krachte zu.
Die drei erstarrten. David wurde ganz heiß. Die Steinkonstruktion war zusammengebrochen! Tessa fluchte leise.
David kletterte eilig nach oben. Dann drückte er gegen die Tür. Sie gab nicht nach. Er versuchte es noch einmal. Und noch einmal. Drückte mit beiden Händen und mit den Schultern. Nichts. „Und was jetzt?“ Moritz’ Stimme klang ganz dünn.
„Lass es uns zusammen probieren“, schlug David vor. Moritz nickte und begann zu klettern. David übernahm die oberste, der etwas größere Moritz die zweite Stufe, und gemeinsam drückten sie gegen die Tür. Nichts. Die Tür gab maximal einen Zentimeter nach. Jetzt begann auch Tessa, nach oben zu

steigen, aber die Leiter knackte so gefährlich, dass sie alle drei hastig nach unten kletterten.

Sie waren eingesperrt! In einem winzigen Raum unter einer alten Holztür auf der Pfaueninsel! Umgeben von nackter Erde. Ein grässliches Gefühl.

Kapitel 30

Berlin, 26. März 1689

Das große Fest zum Äquinoktium, der Tagundnachtgleiche, am Berliner Hof war in vollem Gange. Es war das erste seit dem Tod des Kurfürsten am 9. Mai 1688. Fast zehn Monate hatte seine Witwe, die Herzogin Dorothea Sophie, auf jegliche Feierlichkeiten verzichtet. Als jedoch ihr ältester Sohn Philipp Wilhelm Hochzeitspläne mit Prinzessin Johanna Charlotte von Anhalt-Dessau schmiedete, beschloss Dorothea Sophie, die Trauerzeit zu beenden und die Verlobung mit einem opulenten Ball zu feiern.

Der riesige Saal war gerade groß genug für das Fest. Ein Raum mit gewaltigen Kristall-Lüstern, holzgetäfelten Wänden und meterhohen Gemälden, der für das festliche Ereignis eigens geheizt worden war. Holzgefäße mit Palmen waren aufgestellt und 20 lange Tische zu einer riesigen Tafel zusammengefügt worden. Auf den gestärkten weißen Tischdecken standen Blumengebinde in Weißtönen. Das feine Silberbesteck war, Stück für Stück, blank poliert worden und glänzte im Licht der Kerzen.

Jetzt waren sämtliche Stühle belegt und Dorothea Sophie schaute zufrieden auf ihre Gästeschar. Die Monate der Düsternis waren endlich vorüber und die Witwe, die ein eindrucksvolles himmelblaues Kleid mit weiten Röcken und hohem Kragen trug, hatte vor, das Fest ausgiebig zu genießen – und nicht nur das: Jetzt war die Zeit gekommen, die Erbrechte ihrer Kinder durchzusetzen. Und was war dafür besser geeignet als ein rauschendes Fest, zu dem nicht nur ihr Erstgeborener Philipp Wilhelm kam, sondern auch ihr Stiefsohn Friedrich, der neue Kurfürst. Philipp Wilhelm saß am Kopfende des Tisches, seine Zukünftige zu seiner Linken und die Mutter zur Rechten. Dorothea

Sophie dirigierte geschickt Diener und Musikanten, ohne ihre Gespräche mit ihren Tischnachbarn zu unterbrechen. Eine perfekte Gastgeberin, die nichts dem Zufall überlassen hatte.

Das Geschirr, die Blumenarrangements, ja, sogar die Dessertlöffel hatte sie höchstpersönlich ausgewählt. Auf den Tischen standen Körbe mit duftendem Weißbrot und die elegantesten der kurfürstlichen Rubingläser, in die unablässig roter Wein nachgefüllt wurde.

Auf den Serviertellern häuften sich Stücke vom Huhn und Fleisch vom kurfürstlichen Hirsch. Diener trugen Schalen mit Fisch und Gemüse heran und füllten Sauce nach.

Dorothea Sophie war in ihrem Element. Unterhielt sich mal hier, mal dort, reichte hier Servietten, dort Schalen mit Brot herum – eine Geste, die einige Damen befremdete. Waren solche Aktivitäten einer Herzogin würdig? Aber die Gastgeberin wusste genau, was sie tat.

Die Musikanten spielten auf und ihre Klänge vermischten sich mit dem Stimmengewirr zu einem beachtlichen Lärm. Je mehr Wein floss, desto heiterer wurden die Gäste. So lebhaft ging es zu, dass niemand bemerkte, wie einige Tropfen einer hellen Flüssigkeit aus einer winzigen Phiole in Friedrichs Weinglas landeten. Das rote Glas verriet nichts über seinen Inhalt.

David holte tief Luft, um sich zu beruhigen. Die Tür über ihren Köpfen war verschlossen, es gab keinen Ausweg.
Als David sah, dass auch seine Begleiter kläglich aussahen, griff er entschlossen nach der Taschenlampe. Er wollte nicht nachdenken. Jedenfalls nicht über das, was mit ihnen passieren konnte, wenn sie keinen Ausweg fanden. Er ging auf die erste Wand zu. Millimeterweise ließ er den Lichtkegel gleiten. Der Glasmacher hatte ihn den Schlüssel nicht ohne Grund finden lassen, und deshalb musste es einen weiteren Ausgang geben. Nur keine Panik.
Sein Blick fiel auf grob bearbeitete Erde und ein paar Holzplanken. An einer Seite fand er noch mehr Holz. David klopfte dagegen, piekte mit dem Finger in Vertiefungen, zog und tastete an Nähten entlang. Moritz sah ihm schweigend zu.
„Mann, bin ich blöd, ich kann doch meine Mutter anrufen", sagte Tessa nach einer Weile und zog ihr Handy aus der Tasche. David hätte beinahe gelacht – dass sie darauf nicht eher gekommen waren! Aber seine Erleichterung währte nur kurz, denn Sekunden später schüttelte Tessa den Kopf. „Mist. Kein Empfang."
David ließ sich nicht beirren. Es musste eine Verbindung geben, sagte er sich wieder und wieder. Also suchte er weiter und weigerte sich, über ihre Überlebenschancen nachzudenken. Noch zwei Wände. Seine Hände klopften, bohrten, tasteten.
Plötzlich landete sein Zeigefinger auf einem Knubbel im Holz. Er hielt inne, tastete noch einmal danach und hörte ein schnarrendes Geräusch.
Sekunden später standen Tessa und Moritz neben ihm und die drei starrten auf die Wand, die sich zu bewegen begann. Das Holz verschob sich und gab eine ungefähr 50 Zentimeter breite Öffnung auf Höhe ihrer Hüften frei. Moritz griff nach der Taschenlampe und leuchtete hinein. „Ein Gang!", wisperte er mit großen Augen.
David seufzte erleichtert. Der Glasmacher hatte offenbar damit gerechnet, dass David nach einer Geheimtür suchen – und sie finden würde.

Entschlossen legte er seine Hände in die Öffnung und begann, sich hochzuziehen. Wenig später hockte er in dem Gang, und Moritz tauchte hinter ihm auf. Tessa folgte dicht hinter ihm. Sie leuchteten nach vorn, aber das Licht verlor sich nach einigen Metern in der Dunkelheit. Tessa drehte sich zur Öffnung um.
„Kann man die Tür verschließen?", fragte sie, und ihre Stimme klang heiser vor Aufregung. Auch wenn sie nicht wussten, ob sie die Stimmen der beiden unheimlichen Männer gehört hatten – sicher war sicher.
David leuchtete die Wand ab, tastete und fand tatsächlich auch auf dieser Seite einen Knubbel, den er drückte. Mit angehaltenem Atem warteten sie. Es dauerte ein paar Sekunden, dann begann sich die geheime Tür mit einem Schnarren zu schließen.
„Wow", sagte Moritz. Stumm starrten sie auf die Wand, die auch von dieser Seite nicht verriet, dass es eine Tür gab. Da hatte sich jemand wirklich Mühe gegeben!
David hob die Lampe und leuchtete noch einmal in die andere Richtung. Ein paar Meter weit konnten sie sehen. Acht Treppenstufen waren zu ihren Füßen in den blanken Boden gehauen, sie führten weiter in die Tiefe. Sie stiegen zögernd hinunter.
Dahinter öffnete sich ein Gang. Prüfend sahen sie sich um. Die Wände bestanden aus Erde, nur an einigen Stellen wurde der Gang mit Holzbalken gestützt. Der Lichtkegel verlor sich nach ein paar Metern in der Dunkelheit. David ignorierte die Gänsehaut, die ihm über die Haut kroch, und stapfte los. Immer geradeaus, immer dem Licht nach, das kein Ziel zu finden schien.
Ein Geräusch ließ sie herumfahren, aber es war nur ein Wassertropfen, der an einer Stelle von der Decke in eine Pfütze fiel. Gefolgt von einem zweiten. Dann wieder Stille. Nur ihre Schritte und ihr heftiges Atmen waren zu hören.

Kapitel 31

Friedrich beobachtete das lebhafte Treiben. Es war kein Fest nach seinem Geschmack. Das lag vor allem an der Gesellschaft. Der Sohn des verstorbenen Kurfürsten hatte sich schon vor längerer Zeit aufs Köpenicker Schloss zurückgezogen, um den ständigen Streitereien mit seiner Stiefmutter zu entgehen. Die beiden verband eine leidenschaftliche Abneigung füreinander. Das hatte vor allem damit zu tun, dass er, Friedrich, in der Erbfolge vor Dorothea Sophies ältestem Sohn stand. Sie hatte noch zu Lebzeiten des Kurfürsten den dringenden Wunsch, ja, die Forderung geäußert, ihren Erstgeborenen zu seinem Nachfolger zu machen.

Den meisten offiziellen Festlichkeiten, bei denen seine Stiefmutter anwesend war, konnte Friedrich entgehen, und es hatte seit dem Tod seines Vaters keinen Ball gegeben. Aber dies war die Verlobungsfeier seines Halbbruders, und diesmal war er gezwungen zu kommen. Seufzend hatte er festgestellt, dass sie ihn an der langen Tafel direkt neben sich platziert hatte.

So musste er sich ein Gespräch mit ihr abringen und stellte erstaunt fest, dass sie ungewöhnlich freundlich zu ihm war. Vielleicht hatte die Aussicht auf eine baldige Hochzeit ihres Sohnes ihren Groll gegen Friedrich besänftigt. Sie hob ihr frisch gefülltes Weinglas, um mit ihm anzustoßen, als sich ein Diener näherte und ihm etwas ins Ohr flüsterte.

Friedrich entschuldigte sich und stand auf, um ihm zu folgen. Dorothea sah ihm stirnrunzelnd nach, wurde aber wenig später von einem Bediensteten abgelenkt, der ein Tablett mit Desserts trug.

Friedrich folgte dem Diener in die Bibliothek, wo eine dunkel gekleidete Gestalt auf ihn wartete. Als er eintrat und die Tür hinter sich schloss, schob sein Besucher seine Kapuze von den blonden Locken und begrüßte ihn mit einer tiefen Verbeugung. Dann überreichte er ihm schweigend einen Lederbeutel.

Friedrich zog ein Bündel Goldmünzen aus der Tasche, die der junge Mann einsteckte und mit einer weiteren tiefen Verbeugung lautlos verschwand. Während der kurzen Begegnung war kein einziges Wort gefallen.

Friedrich sah sich um, vergewisserte sich, dass die Tür verschlossen war, und setzte den Beutel behutsam auf einem großen Holztisch ab. Er öffnete ihn und zog eine dunkle Flasche mit der Aufschrift „Arzney“ heraus. In einem weiteren Beutel lag eine mit einem schwarzen Strich markierte leere Phiole.
Nachdenklich betrachtete der Kurprinz das dunkle Gefäß. Dann brach er das Siegel und öffnete die Flasche. Der Inhalt roch ätherisch und würzig, ein bisschen zu scharf, um angenehm zu sein. Friedrich zuckte mit den Schultern. Er hatte keine Wahl. Entschlossen öffnete er auch die leere Phiole. Er füllte sie bis zur schwarzen Markierung mit der goldfarbenen Flüssigkeit aus der dunklen Flasche und setzte sie an die Lippen. Die Flüssigkeit schmeckte so furchtbar, dass er fürchtete, sich erbrechen zu müssen, aber er lenkte sich damit ab, die dunkle Flasche wieder fest zu verschließen und beide Gefäße zusammen in den Lederbeutel zu legen. Das Behältnis steckte er tief in die Innentasche seiner Jacke, stand auf und kehrte in den Saal zurück. Vor der Tür setzte er sein professionelles Lächeln auf.
Zeit für ein Glas Wein mit seiner Stiefmutter.

„Wir schaffen das“, wisperte David, und er wusste nicht, ob er damit sich selbst oder die anderen beruhigen wollte. Immerhin hatten sie mehrere Meter Erdreich über sich.
Endlich erreichten sie einen Kreuzweg. Ein Gang führte nach links, einer scharf nach rechts. „Und nun?“, wollte David wissen und leuchtete in beide Richtungen. „Da rechts, das sieht aus wie ein Licht, oder?“, fragte Tessa, und David kniff die Augen zusammen. Tatsächlich schimmerte in der Ferne etwas. Entschlossen bog er in den rechten Gang hinein, und die anderen folgte ihm.
Einige Minuten später standen sie vor einer Metalltür. Sie war nur leicht verrostet und hatte eine hölzerne Klinke. Moritz griff danach und drückte. Mit einem Ächzen gab sie nach, und die Kinder stolperten in einen weiteren Gang. Tessa wollte die Tür hinter ihnen zudrücken. „Moment!“, raunte David und

betrachtete die Tür, die von dieser Seite aussah wie eine nackte Wand. Eine Klinke gab es nicht. Seltsam.
Er leuchtete gegen den Rahmen, begann wieder zu tasten und fand nach einer Weile auf der rechten Seite, was er gesucht hatte: eine Ausbuchtung.
„Nur, falls wir zurückmüssen", erklärte David. Moritz guckte überrascht und Tessa pfiff leise. David war auch ein kleines bisschen beeindruckt von sich selbst.
Er drückte gegen die Ausbuchtung, von der er vermutete, dass sie zu dem Mechanismus gehörte – und die Tür schloss sich mit einem leisen Ächzen. Was blieb, war das perfekte Abbild einer Kellerwand.
„Wow", sagten David und Moritz gleichzeitig und mussten grinsen.
Der Gang, in dem sie jetzt standen, schien neuer zu sein. Er war verputzt, und an den Wänden hingen Kellerlampen. Einen Schalter aber fanden sie nicht, und sie hätten auch nicht gewagt, ihn zu betätigen. Die Taschenlampen mussten reichen.
Die drei gingen weiter. Nach einiger Zeit fiel der Lichtkegel auf eine Tür auf der rechten Seite des Ganges. Moritz drückte die Klinke, aber der Raum war verschlossen. Davids Schlüssel passten nicht. Noch ein Stück weiter gab es eine weitere Tür und dahinter noch mehr.
Tessa probierte alle Türen aus. Die meisten waren verschlossen und ihre Schlösser waren zu groß oder zu klein für Davids Schlüssel, aber die fünfte gab nach, und die Kinder betraten den Raum dahinter. Es war kein gewöhnlicher Keller, er war einfach ins Erdreich gegraben. Ein Fenster gab es nicht, dafür aber einige Regale an den Wänden, gefüllt mit Lebensmitteln, die alle sehr alt aussahen.
Nach einem letzten Blick gingen sie weiter. Es gab noch einige andere Türen, die aber alle verschlossen waren, und weitere Nischen. Nach einiger Zeit standen sie erneut vor einer Tür. Moritz hob die Hand, um sie zu öffnen, und erstarrte. Auf der anderen Seite waren Stimmen zu hören! Männerstimmen. Sie klangen so, als ob ihre Besitzer direkt hinter der Tür standen.

Kapitel 32

Mit einem Lächeln auf den Lippen kehrte Friedrich zu seinem Platz zurück. „Wo waren wir stehengeblieben?", fragte er seine Sitznachbarin. Dorothea Sophie lächelte und hob ihr Glas.

„Auf das Brautpaar", sagte sie und schaute zu ihrem Erstgeborenen, der in ein verliebtes Gespräch mit seiner Verlobten vertieft war.

Friedrich nickte seinem Halbbruder zu, lächelte Dorothea Sophie an und hob auch sein Glas. Er nahm einen tiefen Schluck.

„Ein guter Tropfen", plauderte er und bewegte den Wein auf der Zunge hin und her. Dann griff er nach dem Brot und ließ sich noch eine weitere Portion Huhn geben. Dorothea Sophie nahm das Kompliment über den Wein lächelnd entgegen. Wenig später stellte sie ihr Glas ab und stand auf, um den Musikanten neue Instruktionen zu geben.

Und um ungesehen in ihr Schlafgemach zu schlüpfen, wo sie eine winzige Flasche, die noch bis zur Hälfte mit einer klaren Flüssigkeit gefüllt war, in einer Schublade verschwinden ließ. Sorgfältig schloss sie die Schublade ab und legte den Schlüssel in einen Schrank, der neben ihrem Bett stand. Dann kehrte sie zurück in den Saal, um mit ihrem ältesten Sohn zu tanzen. Und abzuwarten.

Die drei standen da wie erstarrt. Die Stimmen waren ganz deutlich zu hören! Mit großen Augen sahen sie einander an. Nichts wie weg! Sie drehten sich wortlos um und gingen so lautlos wie möglich zurück. Sie hofften, dass ihnen genug Zeit blieb, um hinter der geheimen Tür zu verschwinden, doch sie waren erst in der Mitte, als hinter ihnen ein Schlüssel ins Schloss gesteckt wurde.

Panisch sahen sich die drei an, dann hellte sich Tessas Gesicht auf. „Der offene Keller", wisperte sie und zeigte auf die Tür, kaum zwei Meter von ihnen entfernt.

Eilig flitzten sie hinein und zogen die Tür so leise wie möglich zu. „Das war knapp!“, flüsterte David. Er hoffte, dass die Männer nicht genau in diesen Keller kommen würden.

Stumm standen sie da und warteten. Sie hörten Schritte. Stimmen, die näherkamen. Eine Tür, die aufgeschlossen wurde und wieder ins Schloss fiel. Dann Stille. „Das muss ihr Versteck sein“, wisperte David, und Moritz nickte.

Tessa sah sie verständnislos an. „Erklären wir dir später“, sagte Moritz. Die beiden Jungen waren sicher, dass es die Männer waren, denen sie schon begegnet waren. Die Männer, von denen sie fest annahmen, dass es Verbrecher waren.

Tessa schaltete die Taschenlampenfunktion ihres Handys an, richtete den Lichtkegel auf die Regale und betrachtete den Inhalt.

Marmeladengläser standen dort aufgereiht, ein paar grüne Glasflaschen mit undefinierbarem Inhalt und eine Laterne. David ging näher und betrachtete sie. Der Behälter, der vermutlich mit Gas gefüllt war, hatte seine besten Zeiten schon hinter sich.

„Sie kommen“, wisperte Moritz und riss David aus seinen Gedanken.

Die Schritte waren wieder zu hören und außerdem leise Stimmen – zu leise, um Worte zu verstehen. David wagte kaum zu atmen, und Moritz und Tessa schien es ähnlich zu gehen.

Einer der beiden Männer ging mit schlurfenden Schritten, der andere schien Metallspitzen an den Sohlen zu haben. Das Geräusch ihrer Schritte war laut und die Kinder spürten Panik aufsteigen, als die Männer stehenblieben. Gemurmel war zu hören und dann das Klirren eines Schlüsselbundes. Die drei versuchten, noch stiller zu sein. Es klang, als ob die Männer nicht einmal zwei Meter entfernt waren.

Nach einer gefühlten Ewigkeit gingen die Männer weiter, und David blies die Luft heraus, die er unwillkürlich angehalten hatte. Eine Minute später hörte man das Klicken einer Tür. Dann Stille.

Die drei warteten noch einige Minuten, dann öffneten sie vorsichtig die Tür. David wagte sich als Erster vor und spähte nach rechts. Niemand war zu sehen. Nach links. Auch niemand.

Er gab Moritz und Tessa ein Zeichen, und mit raschen Schritten bewegten sie sich nach links auf die Geheimtür zu. Hinter welcher Tür auch immer die Männer verschwunden waren – sie würden es nicht erfahren, zumindest nicht jetzt.

„Wir kriegen später raus, welche Tür sie benutzt haben", wisperte David den anderen zu.

Als sie wieder an der Geheimtür am Ende des Ganges ankamen, tastete David ohne innezuhalten nach der Ausbuchtung, und die Tür glitt auf. Sie schlüpften hindurch und sahen ungeduldig zu, wie sich die Tür beinahe lautlos wieder schloss. „Uff", machte Tessa.

„Das wollte ich auch gerade sagen", ulkte David.

„Wollen wir nochmal versuchen, die Falltür zusammen aufzukriegen oder nehmen wir den anderen Gang?", wollte Tessa wissen, als sie an dem Kreuzweg standen, an der sie sich vorhin für den rechten Gang entschieden hatten.

David überlegte. Der Weg in den Schacht war zwar nicht weit, aber ihr erster Versuch, die Falltür zu öffnen, war kläglich gescheitert.
Er schüttelte den Kopf. „Den Gang“, sagte er dann entschlossen. „Die Leiter würde einen zweiten Versuch sicher nicht überleben.“ Solange sie heil war, hatte er wenigstens das Gefühl, noch einen Ausweg zu haben. Und vielleicht gab es ja doch einen Ausgang – sie mussten ihn nur noch finden.
Wir WERDEN ihn finden, beschloss er, schließlich hatte ihn der Glaskünstler wohl kaum ohne Grund hier herunter geschickt. Vermutlich verbarg sich irgendwo noch etwas, das er finden sollte. Was auch immer es war.
Die Kinder wandten sich nach rechts. Dieser Gang hatte keine Türen. Er war einfach in die Erde gebohrt worden und hatte an einigen Stellen Holzstützen. David ließ den Lichtkegel nach links und rechts schweifen, um ja keinen abzweigenden Gang zu übersehen.
Geradeaus sahen sie nichts als schwarze Finsternis. Eine Finsternis, die von allen Seiten auf sie zuzukommen schien, sodass sich die drei eng aneinander drückten.
„Die Taschenlampe wird schwächer!“, sagte Moritz so plötzlich, dass David zusammenzuckte. Tatsächlich war der Kegel kürzer geworden und um einiges dunkler. Jetzt leuchtete fast nur noch Tessas Handy, aber der Lichtkegel war winzig. Der Gedanke daran, durch vollkommene Finsternis gehen zu müssen, war beängstigend.
Nach einer Weile fiel der Lichtkegel auf eine rußgeschwärzte Holzkonstruktion, die vermutlich als Stütze eingebaut worden war. Zwei etwa zehn Zentimeter breite Bretter waren x-förmig in die Decke geklemmt worden und wurden an den Wänden von weiteren Brettern gestützt.
Wenig später endete der Gang an einer Wand. Die Kinder starrten ihn mit großen Augen an. Das war doch nicht möglich?
Tessa klopfte an die Wand – und es klang hohl. Eine Tür? „Da gibt es bestimmt wieder einen geheimen Mechanismus“, murmelte sie.
David schüttelte den Kopf: Dass er daran nicht gedacht hatte! Langsam ging er auf die Wand zu. Er leuchtete die Wand Millimeter für Millimeter ab. Drückte, bohrte und tastete. Nichts. David schüttelte den Kopf. Ihm wurde ganz heiß.

Das war nicht möglich! Es musste einen Durchgang geben!
„Lasst mich mal probieren!“, sagte Tessa und trat entschlossen nach vorne. Sie begann zu tasten und arbeitete sich zentimeterweise voran – ohne Erfolg. Dabei wurde das Licht immer schwächer. David schüttelte die Lampe. Sie flackerte, dann wurde das Licht wieder heller. Erleichtert seufzte er auf und Tessa tastete sich weiter voran.
Klick! Tessas Hand hielt inne.
Ein Knubbel! Tessa drückte noch einmal, etwas kräftiger als vorher, und die drei sahen mit offenem Mund zu, wie sich die Wand vor ihnen mit einem schleifenden Geräusch nach rechts schob. Nach etwa zwei Minuten war sie vollkommen verschwunden. Vor ihnen war nichts als schwarze Nacht.
„Wow!“, sagte David ehrfürchtig. Das war eine beeindruckende Technik!
Er richtete den Lichtkegel in die Öffnung vor ihnen. Der Gang, den die Wand verdeckt hatte, war in deutlich besserem Zustand als der hinter ihnen. Zögernd gingen sie hindurch.
Dahinter blieb David stehen und suchte nach einem ähnlichen Knubbel wie dem auf der anderen Seite. Diesmal wurde er gleich fündig. Mit einem „Klick“ glitt die Wand zurück.
Die drei drehten sich um und stapften weiter. Ihre Schritte hallten – der Boden war verputzt. Auch die Wände waren weiß gestrichen, und an den Wänden sahen sie Halterungen, an denen Laternen hingen.
„Hast du Streichhölzer dabei?“, fragte Moritz, und David schüttelte den Kopf. Nach einer Weile fiel der Lichtkegel auf eine Tür.
Moritz ging darauf zu und legte die Hand auf die Klinke. „Verschlossen“, sagte er enttäuscht.
David zog den Schlüssel aus der Tasche, den Kunckel auf der Bank abgelegt hatte. Einen Versuch war es wert. Moritz nahm ihm die Lampe ab und David steckte den Schlüssel behutsam ins Schloss.
Er passte! Und er ließ sich drehen. Mit einem lauten Klicken öffnete sich das Schloss, und David drückte die Klinke noch einmal. Diesmal sprang die Tür auf.

Kapitel 33

Gleißendes Licht strömte herein und Tessa und die Jungen kniffen die Augen zu. Moritz blinzelte. „Oh Mann!" entfuhr es ihm.
Die drei standen in einem Raum mit drei flachen Fenstern, die beinahe auf Deckenhöhe angebracht waren. Sonnenlicht strömte durch geborstenes Glas in den etwa vier mal vier Meter großen Raum mit überraschend hoher Decke. Einen unterirdischen Raum, in dem es gebrannt haben musste. Auf dem Boden lagen Glassplitter und verkohltes Holz. Der Tisch in der Mitte des Raums war zusammengesackt und geschwärzt, an den Wänden standen Regale, die teilweise zusammengestürzt waren. Aschestaub wurde vom Wind aufgewirbelt, tanzte im Sonnenlicht und stieg ihnen in die Nase. Moritz nieste.
Davids Blick fiel auf ein paar schwarze Klumpen in einem zerstörten Regal, die mit dem Holz verschmolzen waren. Direkt daneben lag ein winziges dunkelbraunes Glasfläschchen, das den Brand offensichtlich unbeschadet überstanden hatte. David nahm es vorsichtig in die Hand.
Er konnte nicht erkennen, ob etwas darin war, aber es trug ein Etikett. „Aurum potabile" stand in krakeliger Schrift auf dem weißen Papier.
„Was ist das?", fragte Moritz, der neben ihm aufgetaucht war. David gab ihm das Fläschchen. Moritz betrachtete es und las den Namen. „Davon habe ich schon mal etwas gehört", sagte er dann, „ich erinnere mich nicht mehr genau, aber es hat irgendwas mit Alchemie zu tun."
„Alchemie?" David erstarrte. In seinem Kopf wirbelten Bilder durcheinander. Der Baum mit der Tür. Der Glasmacher. Das Laboratorium!
Hastig sah er sich um, bis sein Blick an einem niedrigen Regal hängen blieb. Das hatte er schon mal gesehen! Sie waren in dem unterirdischen Laboratorium, das er erst im Traum und später in Wirklichkeit gesehen hatte, das er durch den Baum mit der Tür betreten hatte. Und den Brand hatte er im Traum auch miterlebt!

Mit weit aufgerissenen Augen sah er Moritz und Tessa an. „Ich weiß, wie wir nach draußen kommen!"
Tessa warf einen skeptischen Blick auf die drei Fenster. Keines war groß genug für sie – von den Glassplittern, die überall hervorstachen, mal ganz abgesehen.
David griff Tessa am Arm und zog sie in die entgegengesetzte Richtung. Er erinnerte sich an die Tür, die halb verborgen von einem umgestürzten Regal ihren Blicken bisher entgangen war.
Moritz guckte, begriff und begann sofort, sich gegen das verkohlte Holz zu stemmen. Gemeinsam zerrten sie das zerstörte Regal weg von der Tür. David drückte auf die Klinke, und als die Tür nicht nachgab, drückten sie beide kräftig. Nach einigem Widerstand sprang sie auf.
David packte die Taschenlampe und ging voraus. Er klammerte sich an das Geländer und zog sich langsam nach oben. Nach einer Weile wurde es heller, Licht fiel durch schmale Ritzen, und einen Augenblick später standen sie vor der Tür im Baum. Davids Taschenlampenstrahl fiel auf eine dünne Metallklinke.
Zum Glück erinnerte sich David an den Schlüssel – den ersten, den er gefunden hatte – und zog ihn aus der Tasche. Sekunden später stolperten die drei ins Freie. Endlich frei! Sie ließen sich ins Gras fallen und atmeten ein paarmal tief durch.
Dann drehte sich Moritz um, um zu sehen, wo sie waren. „Das ist der volle Wahnsinn!" sagte er. „Ein Baum mit Tür ...!"
Tessa starrte auf den Baum. „Ich kenne den schon immer. Meine Mutter arbeitet oft an den Beeten gleich dahinten und ich war schon oft hier. Aber ich habe hinter der Tür immer nur Rinde gesehen."
Sie betastete die Tür, die aus geraden Planken bestand. Moritz tat es ihr nach. Das war ja wohl der seltsamste Baum, den er je gesehen hatte. „Das glaubt mir doch kein Mensch", grinste er und schüttelte den Kopf. „Das hab ich bestimmt geträumt." David grinste zurück. Er kannte das Gefühl besser, als Moritz ahnte.
„Aber wo sind wir?", wollte sein Freund wenig später wissen. „Immer noch auf der Insel?" Tessa nickte. „Ja, nicht weit von der Fähre entfernt." Sie wandte sich an David. „Woher wusstest du, wie wir da rauskommen?"

David zögerte. Er wusste nicht, wie er das erklären sollte. Es war auch für ihn selbst so unglaublich.
Auch Moritz sah ihn prüfend an. „Ja, das wollte ich auch schon fragen."
In diesem Moment beschloss David, die beiden in sein Geheimnis mit den unheimlichen Begegnungen einzuweihen.
„Ich muss euch etwas erzählen", begann er. Moritz und Tessa sahen ihn erwartungsvoll an. David holte tief Luft und erzählte von dem seltsamen Traum, der ihn ins Laboratorium geführt hatte. Von der Begegnung mit dem Glasmacher, die ihn so erschreckt hatte, weil er durch den Mann hindurchfassen konnte. Von der Phiole, die er versehentlich mitgenommen hatte. Von dem Feuertraum. Und schließlich auch davon, dass der Glasmacher den zweiten Schlüssel vorhin persönlich auf die Bank in der Nähe des Kunckel-Steins gelegt hatte.
Tessa und Moritz hörten ihm mit ungläubigem Blick zu. Moritz' Augen wurden immer größer, Tessa schüttelte unablässig den Kopf. „Du spinnst", sagte sie.
Moritz, der ihn viel zu gut kannte, um seine Worte einfach als Spinnerei abzutun, sah ihn lange prüfend an. „Ich weiß nicht", sagte er dann. „Es kann eigentlich nicht sein. Bist du sicher, dass du das alles nicht nur geträumt hast?"
David kannte die Frage – es war die, die er sich selbst auch schon gestellt hatte, immer und immer wieder. „Ich bin sicher", sagte er dann. „Die Phiole von neulich – die habe ich aus dem Laboratorium." Das sollte Beweis genug sein.
„Was für eine Phiole?", wollte Tessa wissen, und David erzählte ihr von seinem Fund.
Moritz sah ihn skeptisch an. „Aber wie kann es sein, dass du etwas träumst und dann ist es Wirklichkeit? Das geht doch gar nicht!"
„Genau das geht mir seit Tagen durch den Kopf", gab David zu. „Ich dachte schon, ich drehe durch. Aber irgendwie erklärt sich auch alles. Du hast mir vorhin gesagt, dass meine Haare nach Rauch riechen – und ich habe von dem Feuer geträumt. Das ist so komplett unlogisch, und gleichzeitig fühlt es sich so echt an! Ich habe die Hitze gespürt und konnte kaum atmen!"
Moritz schwieg. Er schwieg sowieso gerne und viel, aber diesmal hatte sein Hirn so viel zu verarbeiten, dass er länger schwieg als sonst.

Nach einer Weile sah er seinen Freund an. „Ich kapiere zwar nicht, wie das möglich ist, aber ich versuche mal, dir zu glauben. Wir werden rauskriegen, was dahintersteckt. Und was das Zeug in der Phiole war, auch."

David grinste. Er war froh, dass er Moritz endlich eingeweiht hatte. Und noch froher, dass sein Freund ihm geglaubt hatte. Oder zumindest bereit war, es zu versuchen.

Tessa wirkte immer noch skeptisch. „Es ist wirklich komplett unlogisch", sagte sie. „Andererseits ... die Tür im Baum ist jetzt wirklich eine Tür, und für mich sah sie immer wie ein Kunstobjekt aus."

„Wir müssen nochmal runter", sagte David dann. „Es muss einen Grund geben, warum ich den zweiten Schlüssel bekommen habe."

„Vielleicht solltest du vorher mal davon träumen", scherzte Tessa.

Keine schlechte Idee, dachte David, wirklich keine schlechte Idee. Er würde es probieren.

Wenig später standen die Jungs auf der Fähre, erschöpft von dem Abenteuer. Tessa war auf der Insel geblieben, sie wollte später mit ihrer Mutter zurückfahren. Aber sie nahm ihnen das Versprechen ab, ihr vor dem nächsten Besuch im unterirdischen Laboratorium Bescheid zu geben. Sie wollte dabei sein. Unbedingt.

Kapitel 34

Als David am Abend im Bett lag und das Licht ausschaltete, kamen die Erinnerungen an die finsteren Gänge zurück und er hatte das Gefühl, dass die Wände auf ihn zustrebten. Er erschrak, als sein Handy klingelte, und meldete sich mit abgehackter Stimme.

„Kannst du schlafen?" Es war Moritz.

„Nein, die Dunkelheit macht mich wahnsinnig", gab David zu und knipste das Licht wieder an.

„Mich auch." Moritz' Stimme klang gepresst.
Als sie es ausgesprochen hatten, ging es beiden besser. Sie verabredeten sich für den nächsten Tag und legten auf. Wenig später holte David tief Luft, griff nach dem Schalter der Lampe auf seinem Nachttisch, kniff die Augen zu und knipste das Licht aus. Guter Trick, dachte er und grinste, obwohl ihm immer noch elend zumute war.
Auch wenn er es selbst nicht geglaubt hätte: Minuten später war er eingeschlafen. Er träumte von dunklen Gängen und Türen ohne Klinke, von einem ausgebrannten Labor und einer geheimnisvollen Phiole mit der Aufschrift „Aurum potabile". Von einem Schrank, in dem ein weiterer Schrank untergebracht war und in dem ein in ein Samttuch gehüllter Stein lag.
Und wieder von dunklen Gängen.
Einer begann direkt hinter dem ausgebrannten Laboratorium – aber es war nicht der Weg, der im Baum endete, sondern einer, der an der Wand begann, an der oben die Fenster waren. Die Tür war so gut versteckt, dass man sie erst auf den dritten Blick sehen konnte. Eine Klinke gab es nicht, aber die Tür stand einen Spalt breit offen…

Johann Kunckel war in einer misslichen Lage. Das Feuer war der unangenehme Beweis dafür, dass ihn sein Gefühl nicht getäuscht hatte. Seit dem Tod des Kurfürsten hatte sich die Situation für ihn verschlechtert, weil der neue Herrscher die Vorliebe seines Vorgängers für schöne Gläser nicht teilte. Immerhin hatte der neue Herrscher die bestehenden Verträge für Rubinglas eingehalten, und Kunckel hatte nach wie vor die Hoffnung, dass er es schaffen konnte, weitere Verträge zu bekommen, wenn er dem Hof regelmäßig etwas ganz Besonderes lieferte. Die Karaffe im antiken Stil, die zu den elf zarten Gläsern gehörte, war jedoch bei dem Feuer zerstört worden.
Dass die vom Hof bestellten Gläser den Brand überstanden hatten, war nur ein geringer Trost. Ohne die Karaffe, so befürchtete Kunckel, standen seine Chancen

schlecht. Der junge Kurfürst gehörte zu den Menschen, die ihren Reichtum gern zeigten – und die Karaffe wäre dafür spektakulär genug gewesen.
Das Feuer aber hatte noch weitere schlimme Auswirkungen gehabt. Viele seiner wichtigen Gerätschaften waren zerstört. Ohne sie konnte er keine neuen Gläser herstellen. Und ohne das Geld für diese Gläser hatte er keine Mittel, um neue Geräte zu kaufen.
Inzwischen war er ganz sicher, dass bei dem Brand jemand nachgeholfen hatte. Er selbst hantierte immer mit größter Vorsicht mit Feuer.
Als ihm wenige Tage später ein Besuch des neuen Herrschers angekündigt wurde, war Kunckel überrascht. Friedrich war noch nie auf der Insel gewesen. Wollte er ihm wider Erwarten doch seine Unterstützung zusagen?
Eilig verpackte er die bestellten Gläser und holte eine Flasche seines allerbesten Weines aus dem Keller – er hoffte, einen weiteren Vertrag mit dem Hof abschließen zu können. Immerhin war bekannt, dass der junge Fürst gern rauschende Feste gab, und Kunckels Gläser waren nicht nur eine Zierde bei Tisch, sondern auch wertvoll wie Juwelen. Und die waren die zweite Schwäche des eitlen Herrschers.
Kunckel empfing den hohen Gast in seinem Salon. Er gab sich Mühe, seine Größe zu verbergen, denn Friedrich war von kleiner Gestalt – und Kunckel wollte nicht größer erscheinen als der Herrscher.
Friedrichs Bewegungen waren hastig und ein bisschen eckig – Folgen einer Verletzung an der Schulter, die er in seiner frühesten Kindheit erlitten hatte. Der neue Kurfürst verströmte nicht die Macht und schon gar nicht den Charme seines Vaters, aber Kunckel machte nicht den Fehler, sich diese Erkenntnis anmerken zu lassen.
Das angebotene Glas Wein ignorierte Friedrich. Mit einer Kopfbewegung befahl er einem seiner beiden Begleiter, das Paket mit den Gläsern entgegenzunehmen. Dann schickte er die beiden Männer mit einer weiteren Kopfbewegung vor die Tür.
Das Gespräch, das nun folgte, war kurz und verlief gänzlich anders, als Kunckel erwartet hatte. Das Feuer wurde mit keinem Wort erwähnt. Dafür entzog ihm der junge Kurfürst mit wenigen Worten seine Unterstützung. Mehr noch, er drohte Kunckel eine Klage wegen Veruntreuung an. Als Friedrich wenig später den Raum verließ – ohne den Wein angerührt zu haben und, schlimmer noch, ohne Kunckel die Hand zu geben –, ließ sich der Glasmacher in einen Stuhl sinken. Er war vollkommen verwirrt.

Warum war der Herrscher persönlich auf die Insel gekommen, um ihm die Nachricht zu überbringen? Bisher hatten sie nur über Dienstboten miteinander kommuniziert, und einmal hatte Friedrich Kunckel an den Hof bestellt und einen seiner Untergebenen mit ihm sprechen lassen. Und jetzt machte er sich eine solche Mühe? Kunckel schüttelte den Kopf.

Aber er war nicht nur verwirrt, sondern verzweifelt – er war am Ende. Kunckel hätte die in ihn gesetzten Erwartungen nicht erfüllt, hatte der junge Fürst gesagt.

Kunckel war sicher, dass er sich nichts zuschulden kommen lassen hatte. Er hatte alle Aufträge binnen weniger Tage erfüllt, oftmals früher als verabredet. Hatte auch mal ein eigens entworfenes Einzelstück mitgeschickt mit der Bitte, es als Geschenk anzunehmen und ein Urteil darüber zu fällen. Und er hatte dem neuen Herrscher nie einen Grund gegeben, an seiner Loyalität zu zweifeln. Aber wie sollte er das beweisen?

Er wusste nicht, wie viel Zeit ihm noch auf der Insel blieb. Der neue Kurfürst hatte sich nicht über die Besitzverhältnisse geäußert und Kunckel hatte nicht nachgefragt.

Noch war Kunckel nicht bereit, seinen Traum vom Gold aufzugeben. Er holte einmal tief Luft und machte sich auf den Weg in seinen geheimen Raum. Er hatte vor, sein Werk zu vollenden.

Alle Rezepturen hatte er niedergeschrieben, sie waren sein Vermächtnis – zusammen mit dem Buch, das all sein Wissen über die Glasmacherkunst enthielt, dem Fläschchen Orvietan, das er für sich abgefüllt hatte, und mit einer Handvoll Phiolen, in denen Zutaten steckten, die kostbar waren wie Gold – und beinahe genauso schwer zu beschaffen. Egal, was mit ihm, Kunckel, geschehen würde – diese Dinge wollte er in Sicherheit wissen.

Ein Haus in Kladow, Sommer 2018

Es hatte einige Tage gedauert, den Namen des riesigen jungen Mitläufers des Russen herauszubekommen. Sergio. Vielleicht hieß er auch Sergei – dem Mann war es egal. Er beobachtete jeden Schritt, den Sergio machte. Fand heraus, wo

er wohnte und brachte einen Kleinkriminellen, der ihm einen Gefallen schuldete, dazu, eine Wanze in dessen Wohnung zu installieren.
Unglücklicherweise sprach Sergio kein Deutsch. Es war ein Sprachwirrwarr aus Russisch, Spanisch und Brocken einiger anderer Sprachen. Und Heinz, wie er sich nannte, konnte sich keinen Reim machen. Nur eines hörte er heraus: „Isla" – Insel. Es musste diese Insel sein, da war er sicher.
Eines sehr frühen Morgens verließ Sergio, ganz in Schwarz gekleidet, die Wohnung, und Heinz machte sich auf den Weg. „Uwe, du folgst ihm", befahl er dem Kleinkriminellen, den die Aussicht auf viel Geld dazu veranlasste, keine Fragen zu stellen, am Telefon. Uwe folgte Sergio. Glücklicherweise war der Hüne kein schneller Autofahrer. Er fuhr so viele kleine Straßen entlang, dass Heinz annehmen musste, Sergio versuche, mögliche Verfolger abzuschütteln.
Er lächelte milde. So einfach würde er es Sergio nicht machen. Uwe teilte ihm laufend mit, wo er gerade war, und an der Thielallee stieg Heinz in Uwes Auto ein. Sergio war drei Wagenlängen vor ihnen.
Heinz trommelte ungeduldig mit den Fingern. Er hatte lange genug gewartet, jetzt wollte er endlich Erfolge sehen. Und Erfolg – das war für Heinz Geld. Viel Geld. Ach was, sehr viel Geld. Er würde den Russen aufs Kreuz legen, ohne dass dieser auch nur die blasseste Ahnung hatte, wem er das verdankte.
Langsam fuhr das Auto auf die Bundesstraße, geradeaus, immer geradeaus und dann bog er ab – in den Wald hinein. Uwe bremste ab. „Hinterher?"
Heinz nickte. An einer Kurve sagte er „Stopp!". Sergio fuhr weiter, er ahnte nichts von seinen Verfolgern.
Die beiden Männer stiegen aus. Heinz trug eine große Sporttasche bei sich, Uwe nur sein verängstigtes Gesicht. Schon an der Kreuzung, vor der Einfahrt in den Wald, war Heinz klar gewesen, dass Sergio zur Pfaueninsel wollte. Und jetzt waren er und Uwe auf dem Weg zum Ufer, wo Heinz schon vor Tagen ein kleines Ruderboot versteckt hatte.
Noch bevor Sergio irgendwo nahe des Fährhafens sein Auto abgestellt hatte, erreichten Heinz und Uwe die Insel. Sie zogen das Boot an Land und warteten.

Die beiden Männer beobachteten Sergio, der sich in ein Boot setzte und ebenfalls zur Insel übersetzte. Er kam am Inselhafen an, sicherte das Boot und stapfte los. Heinz und Uwe folgten ihm lautlos.
Sergio stapfte auf dem Weg entlang, ohne einen Blick nach links oder rechts. Als Häuser auftauchten, hielt Heinz den Atem an. Bestimmt waren sie gleich da! Und tatsächlich: Sergio ging vom Weg ab, auf ein flaches Gebäude zu.
Wenig später hörten sie ein Klicken und das Zufallen einer Tür. Dann Stille.

Kapitel 35

„David!" Seine Mutter stand vor seinem Bett und hielt das Telefon in der Hand. „Moritz", sagte sie, reichte David den Hörer und verließ sein Zimmer wieder.
„Hallo?", krächzte David und sah auf die Uhr. Zehn nach sieben!
Moritz lachte. „Hab ich dich etwa geweckt?"
„Kann man so sagen", murmelte David. „Du hast mich aus dem Laboratorium geholt."
„Hast du noch etwas herausgefunden?"
David musste lächeln. Gestern noch hatte er Mühe gehabt, seinem Freund die Vorkommnisse zu erklären, und heute nahm Moritz wie selbstverständlich an, dass David im Traum reisen konnte. Sozusagen.
„Ja", antwortete er. „Es gibt noch eine weitere Tür im Labor. Aber ich konnte nicht herausfinden, wohin sie führt."
„Dann müssen wir nochmal hin und selbst nachgucken", meinte Moritz.
David brauchte ein bisschen, um zu antworten. Das Abenteuer von gestern saß ihm noch in den Knochen. Aber dann stimmte er zu.
Die Jungen verabredeten sich für 8.30 Uhr, um die erste Fähre um 9 Uhr zu bekommen. David wollte sein Schweizer Taschenmesser und eine Stirnlampe mit frisch aufgeladenen Akkus mitbringen, Moritz eine gute Taschenlampe und

ein Seil. Auch ein paar Lebensmittel und Wasser landeten in den Rucksäcken. Im letzten Moment fielen David noch Streichhölzer ein. Man konnte ja nie wissen.
Bevor David seinen Rucksack verschloss, griff er nach seinem Handy und rief Tessa an, um ihr zu sagen, dass sie unterwegs waren. Ganz überzeugt war er nicht, sie mitzunehmen, aber sie hatten es ihr versprochen. Und David war Ehrenmann genug, ein Versprechen zu halten. Außerdem musste er zugeben, dass er Tessa irgendwie nett fand. Und clever. Und ziemlich hübsch.
Er ging zu seinem Kleiderschrank und zog eine alte Jeans und ein dunkles T-Shirt heraus. Im Hinausgehen griff er nach seiner Jacke, die er noch in den Rucksack hineinknüllte, und zog sich im Flur seine bequemsten alten Turnschuhe an. Fertig. Bereit fürs nächste Abenteuer.
Moritz stand schon an seinem Fahrrad, als David bei ihm ankam. Sein Freund hatte sich fast genauso angezogen wie er. Moritz hielt David seine Taschenlampe entgegen. „Die Akkus sind frisch aufgeladen, und ich hab noch ein paar Reserveakkus dabei", sagte er. Es hatte sich schlimm angefühlt, als das Licht gestern immer schwächer wurde. Heute würde ihnen das nicht passieren. Auch beide Handys waren aufgeladen, um im Notfall zumindest als Taschenlampe dienen zu können.
Wenig später strampelten sie los. Obwohl es noch früh war, brannte die Sonne am knallblauen Himmel. Unterwegs erzählte David von seinem Traum und versuchte, sich daran zu erinnern, wo genau die versteckte Tür war. „Irgendwo am Fenster", sagte er, „und sie hat keine Klinke."
Moritz schüttelte den Kopf. „Es ist so abgefahren, dass du von Orten träumst, die wir dann tatsächlich sehen."
Hoffentlich stimmt das diesmal auch, dachte David. Bisher hatten ihnen seine Träume tatsächlich die richtigen Wege gezeigt.
Tessa wartete schon auf der Insel. Davids Magen fühlte sich bei ihrem Anblick ein bisschen komisch an, irgendetwas schien in seinem Bauch herumzuflattern. Aber er schob den Gedanken schnell beiseite und konzentrierte sich auf den Weg. David wusste genau, wohin sie gehen mussten. Doch als sie die Wegkreuzung erreichten, hinter der der Baum stand, blieben sie wie angewurzelt stehen.

Nur etwa drei Meter vom Baum entfernt waren Gärtner dabei, Hecken zu beschneiden. Sie hatten noch ein großes Stück vor sich.
Die drei sahen einander an. Dann schüttelte David den Kopf, und sie traten den Rückzug an. Erst an der nächsten Gabelung blieben sie stehen. „Und nun?", wollte Moritz wissen.
„Die brauchen bestimmt den ganzen Tag", vermutete Tessa, „die Hecke ist echt lang."
„Vielleicht finden wir ja das andere Ende des Tunnels", überlegte David.
„Welches andere Ende?" Tessa stand auf der Leitung.
„Na das, wo wir gestern die Männer gehört haben", rief David. „Die haben doch einen anderen Weg genommen als wir – also muss es noch einen anderen Ausgang geben. Ähm, Eingang."
Tessa nickte und legte die Stirn in Falten. „Aber wo wollen wir danach suchen? Wir wissen doch gar nicht, wie der Gang verläuft."
David dachte an das flache Gebäude nahe der Meierei. Auch wenn der Schlüssel nicht gepasst hatte, erinnerte er sich an das Gefühl, das es bei ihm ausgelöst hatte. Er war sicher, dass es ein Geheimnis barg.
„Lass uns nochmal in Richtung Meierei gehen", sagte er. Dieser Ort fühlte sich irgendwie richtig an.
Tessa nickte und ging los, Moritz zuckte mit den Schultern. „Okay." Die Enttäuschung war ihm anzumerken. Er wollte so gerne noch einmal in das Laboratorium hinein!
Gemächlich spazierten die drei in Richtung Meierei. Es waren nur wenige Menschen unterwegs, den meisten war es offenbar zu heiß und sie lagen lieber auf ihren Badehandtüchern am Strand oder kühlten sich im Wasser ab. Die Pfaueninsel hatte keinen Badestrand, und deshalb war bei großer Hitze der Besucherandrang meistens gering. Den drei Freunden kam das entgegen, sie hatten schließlich eine Mission, und dabei wollten sie nicht beobachtet werden.
Am Kunckel-Stein blieb Moritz stehen. „Wie kommt es, dass das Laboratorium im Baum so weit weg von hier ist?", wollte er wissen.
David sah ihn an. „Das habe ich mich auch schon gefragt. Aber wir sind gestern auch ganz schön weit gegangen."

„Die vielen Tunnel", überlegte Moritz und starrte in die Ferne. „Irgendwas hatte der Kunckel bestimmt zu verbergen, sonst hätte er das nicht gemacht, oder? Schließlich hat ihm die Insel doch gehört und ich habe gelesen, dass keiner außer ihm sie betreten durfte."

Vielleicht war ja doch etwas an dem Gerücht dran, dass Kunckel versucht hatte, Gold herzustellen. Und das wäre auf alle Fälle ein großes Geheimnis.

Schweigend stapften sie weiter, auf die Meierei zu. Niemand stand davor, und so beschlossen sie, das Mauerwerk noch einmal genau unter die Lupe zu nehmen. Vielleicht gab es ja einen Geheimgang, der hier anfing. Immerhin hatte David den Schlüssel an diesem Gebäude gefunden.

Aber so gründlich sie auch nachsahen, sie entdeckten nichts als alte Mauern. Auch Tessa, die auf der Insel praktisch zuhause war und dachte, jeden Stein zu kennen, musste zugeben, dass sie am Ende ihres Lateins war.

An den Backsteinhäusern neben der Meierei hielten sie sich nicht auf, denn die sahen bewohnt oder zumindest genutzt aus – Verbrecher würden hier sicher nicht nach einem Geheimgang suchen. Blieb also nur das flache Gebäude, das David schon früher beschäftigt hatte: ein alter Eiskeller.

Es war ein unauffälliges Bauwerk. Ein rotes Ziegeldach und ein paar Wände – mehr war nicht dran. Die Jungen ignorierten den Stall daneben und machten sich daran, das Mauerwerk unter die Lupe zu nehmen. Sie wechselten sich ab, damit einer immer den Weg im Auge behalten konnte. David fing an. Sorgfältig tastete er Unebenheiten ab und suchte nach Spuren, die neu aussahen.

Er nahm sich Zeit, um die vordere und eine seitliche Wand zu überprüfen. Tessa schielte immer wieder zu ihm hin, aber nach einer Weile ließ David die Schultern hängen und schüttelte den Kopf. Nichts.

Tessa nahm sich die anderen Wände vor. Der Putz war alt und immer wieder übertüncht worden. Die wenigen Fenster gaben keine Geheimnisse preis. Und so widmete sie sich den Unebenheiten und Ritzen, tastete und fühlte.

Als sie ein Geräusch hörte, zuckte sie zusammen und riss den Kopf herum. Aber es war nur ein Vogel. Tessa starrte auf den Punkt, an dem das Tier gesessen hatte und stieß einen leisen Schrei aus.

David stürzte auf sie zu. „Was ist?"
Tessa zeigte auf den Boden, kaum zwei Meter von ihnen entfernt. Eine Falltür! Sie war aus Metall. Rostig, aber mit einem neueren Schloss versehen. Und daneben sahen sie Fußspuren. Sie hatten den anderen Eingang gefunden!

Kapitel 36

David hockte sich vor die Metallplatte und sah sich das Schloss an. Sehr stabil sah es nicht aus. Wer auch immer den Gang darunter nutzte, musste wohl sehr davon überzeugt sein, dass sein Geheimnis sicher war. „Willst du deine Schlüssel probieren?", wisperte Moritz.
David warf ihm einen Blick zu. Dann nickte er und griff in die Hosentasche. Er probierte den Schlüssel, den er an der Meierei gefunden hatte. Und schüttelte den Kopf. „Passt nicht." Er steckte ihn zurück und nahm den nächsten – den Schlüssel von der Bank, der immerhin auch die andere Falltür geöffnet hatte.
David steckte den Schlüssel vorsichtig ins Schloss und Tessa und Moritz hielten den Atem an. Er passte! Tessa ballte eine Jubelfaust und David gab ein leises „Ja!" von sich. Er drehte den Schlüssel um und ein leises Klicken ertönte.
Mit einem letzten Blick auf die Umgebung hoben die Jungen die Metalltür an. Moritz zog seine Taschenlampe hervor und leuchtete in die Öffnung. Zehn Stufen führten in die Tiefe. „Wollen wir?" Moritz' Gesicht war vor Aufregung gerötet.
Tessa nickte. Sie hob die Tür noch ein Stück weiter an und ließ sich in die Öffnung gleiten. David und Moritz folgten ihr. Dann ließen sie das Metall sacht wieder auf die Öffnung sinken.
„Leuchte mal!", forderte David seinen Freund auf. Moritz richtete den Lichtkegel auf die Tür. Auch von innen war sie leicht rostig und hatte einen dünnen Griff.

David steckte den Schlüssel ins Schloss und drehte ihn entschlossen um. „Damit niemand hinter uns herkommt", sagte er und schauderte beim Gedanken an die fremden Männer. „Okay, dann lass uns mal losgehen." David setzte den Rucksack ab, zog seine Stirnlampe heraus, setzte sie auf, warf sich den Rucksack wieder über die Schultern und knipste die Lampe an. Sie erhellte jeden Winkel und ihr Schein reichte mehrere Meter weit. Vor ihnen lag eine Treppe.

Sie stiegen die zehn Stufen hinunter und standen am Anfang eines sehr langen Ganges, von dem mehrere Türen abgingen. Aber alle waren verschlossen, einige sogar zugemauert. Keines der Schlösser sah aus, als wäre es in letzter Zeit benutzt worden.

Ein Raum war offen und Tessa leuchtete hinein. An einer Wand stand ein altes Holzregal, das unter dem Gewicht mehrerer staubverkrusteter Glasbottiche ächzte. An der anderen lagen ein paar Kartoffelsäcke ohne Kartoffeln. Ansonsten war der Raum leer.

Es gingen noch weitere Türen von dem Gang ab, aber sie waren alle verschlossen. Hochkonzentriert gingen die drei weiter, aber alles, was sie fanden, waren alte Spinnweben mit einer dicken Staubschicht und eine Schleifspur, vermutlich von einem Schuh. Nach einigen Minuten endete der Gang an einer Wand. Die drei sahen einander an. Sollte das alles gewesen sein?

„Das ist bestimmt wieder eine Tür!", wisperte Tessa.

David nickte. „Die haben wir gestern von der anderen Seite gesehen."

Und tatsächlich verbarg die Wand ein Schlüsselloch. Keine so anspruchsvolle Geheimkonstruktion wie die, mit der sie es gestern zu tun gehabt hatten, sondern schlicht ein Schloss mit einer Haube darüber. Und das, was wie Putz aussah, war nur matt überstrichenes Metall.

David zog wieder seine beiden Schlüssel heraus und war dieses Mal nur noch ein kleines bisschen überrascht, als einer davon passte.

Die drei schlüpften hindurch und schlossen sorgfältig hinter sich ab. Das würde die Männer, falls sie kommen sollten, zumindest abbremsen. Sie standen in dem Gang, den sie gestern schon betreten hatten. Tür für Tür nahmen sie leise unter

die Lupe. Die meisten Schlösser waren alt, eines aber glänzte, und hier hielten die drei sich länger auf.
David probierte seine beiden Schlüssel, aber zu seiner größten Enttäuschung funktionierte keiner davon.
Seufzend ging David weiter. Es gab noch weitere Türen, aber sie hatten beinahe das Ende des Ganges erreicht. Links erkannten sie die Tür wieder, hinter der sie sich gestern versteckt hatten – sie war die einzige, die nicht verschlossen war. Schräg gegenüber sahen sie eine weitere Tür.
„Neues Schloss!", sagte Tessa und zeigte auf das glänzende Metall. David spürte, wie sich sein Herzschlag beschleunigte. War das die Tür, die die Männer gestern aufgeschlossen hatten? Hastig zog er seine Schlüssel hervor und hielt den Atem an. Sekunden später seufzte er enttäuscht. Sie passten nicht!
Er wollte schon weitergehen, aber Tessa hielt ihn zurück. „Guck doch mal durchs Schlüsselloch!"
Sie kniff die Augen zusammen und blinzelte hinein. „Nichts zu sehen, da drin ist es dunkel", knurrte sie.
Moritz zog seine Taschenlampe aus der Tasche, doch bevor er nachsehen konnte, hörten sie ein Geräusch. Entsetzt starrten sie einander an. Waren die Männer zurück?
„Der offene Keller!", wisperte David und die drei flitzten lautlos die zwei Meter zurück, öffneten die Tür und schafften es gerade noch, sie zu schließen, als die Metalltür am Anfang des Ganges geöffnet wurde.
Schritte waren zu hören, aber keine Stimmen. Die drei hielten den Atem an. David schlich zur Tür und linste durch das Schlüsselloch. Der Gang war erleuchtet. Zu sehen war niemand, aber die Schritte kamen näher. Sie wagten kaum zu atmen. Offenbar war diesmal nur ein Mann im Gang, und er pfiff leise vor sich hin. Nach einer Weile verstummten die Pfiffe, und sie hörten das Geräusch eines Schlüssels.
David starrte wieder durchs Schlüsselloch.
Beinahe hätte er vor Schreck einen Schritt nach hinten gemacht: Der Mann stand vor genau der Tür, durch deren Schlüsselloch sie eben gespäht hatten.

David konnte sehen, wie der Mann die Tür öffnete und hindurchging. Und er sah die Pistole, die er am Gürtel trug.
Der Raum, den der Mann betrat, war nun in helles Licht getaucht, aber David konnte nur eine weiß getünchte Mauer sehen, der Winkel war zu schräg und die Tür des anderen Raumes nicht weit genug geöffnet.
So leise wie möglich griff er sein Handy und hielt es ans Schlüsselloch. Drei-, viermal löste er die Kamera lautlos aus, und beim vierten Mal sah er den Mann wieder herauskommen, ein dickes Bündel Geldscheine in der Hand.
Die Kamera hielt sein Gesicht fest. Das Bild war pixelig und nicht ganz scharf, aber den Mann hätte er überall wiedererkannt. Es war der große Mann, der ihnen vor ein paar Tagen begegnet war.

Kunckel hatte seine wichtigsten Besitztümer in den geheimen unterirdischen Raum gebracht.
Der kleine Raum, in dem er seit dem Feuer seine geheimen Experimente machte, bot Platz genug für seine liebsten Bücher, Rezepturen, Geräte und Zutaten. Und für einige der legendären roten Gläser – sein Vermächtnis.

Kapitel 37

David umklammerte sein Handy und hielt die Luft an. Bloß kein Geräusch machen! Dem Mann traute er zu, seine Waffe ohne Bedenken auch auf Kinder zu richten.
Der Verbrecher fühlte sich offenbar vollkommen sicher, denn er schloss die Tür in aller Ruhe wieder und spazierte dann pfeifend zurück. Eine Minute später hörten die Kinder, wie die Tür am Ende des Ganges ins Schloss fiel. Sie atmeten

tief durch. David zeigte den anderen die Fotos. Sie zeigten den Raum, einige Säcke, wie es schien, und das Gesicht.
„Der Typ!", wisperte Moritz, als er das Bild sah. Er war ebenso wie David nicht wirklich erstaunt darüber, denn beiden war klar gewesen, dass der Mann Übles im Schilde führte. Aber ihn sozusagen in Aktion zu erleben, war noch etwas anderes.
„Er hatte eine Pistole!", wisperte Tessa. Die Jungen schwiegen und die drei blieben sicherheitshalber noch mehrere Minuten in dem Kellerraum. „Wir müssen den anderen Ausgang nehmen", meinte Moritz. „Vielleicht ist er ja noch da."
David stimmte ihm zu. Es war riskant, den kürzeren Weg zu nehmen, denn sie wussten nicht, wie gut man die Falltür aus der Ferne sehen konnte. Allerdings waren sie überrascht, dass der Mann am helllichten Tage dort hinabstieg. Es war zwar noch früh am Morgen, aber immerhin arbeiteten in den Ställen rund um die Meierei Menschen, die ihn sehen konnten. Es sei denn …
„Ich wette, der arbeitet hier – oder er kennt jemanden, der hier wohnt oder arbeitet", überlegte David. „Deshalb kann er kommen und gehen, wann er will."
„Und deshalb weiß er auch von dem Gang", fiel ihm Moritz ins Wort.
Die drei starrten einander an. Dass sie darauf nicht früher gekommen waren!
Ob sie nun richtig vermutet hatten oder nicht – der Ausgang an der Meierei kam nicht in Frage. Also blieb nur der Weg durch die Geheimtür.
Kaum eine Minute später standen sie auf der anderen Seite und sahen zu, wie sich die Tür beinahe lautlos wieder schloss. „Uff", machte David.
Tessa lachte und zwinkerte ihm zu. „Genau das wollte ich auch gerade sagen."
David war froh, dass es zu dunkel war, als dass die anderen die zarte Röte auf seinen Wangen hätten sehen können.
Jetzt wussten sie also, wo die Beute war. Oder zumindest waren sie ziemlich sicher. Der Mann war jedenfalls mit Geldscheinen zurückgekommen.
„Echt blöd, dass wir vorhin nicht daran gedacht haben, an der anderen Falltür die Steine, die gestern weggerutscht sind, wieder richtig hinzulegen", meinte Tessa, „sonst wären wir im Nullkommanix wieder draußen."

Aurum potabile gehörte zu den Besitztümern, die Johann Kunckel besonders wichtig waren. Einige Phiolen hatte er bei seinen Reisen erworben, um die Substanz auf ihre Inhaltsstoffe zu überprüfen. Er kannte die Legenden über das Allheilmittel und die angebliche Verbindung zum Stein der Weisen, die dem „trinkbaren Gold" nachgesagt wurde. Was auch die gewaltigen Summen erklärte, die für kleinste Mengen verlangt wurden. Er selbst hatte einige Tropfen probiert – aus rein wissenschaftlichen Zwecken, versteht sich – und hatte sich anschließend tatsächlich verjüngt gefühlt. Allerdings war er Wissenschaftler genug, um auch die seelische Wirkung eines solchen Mittels mit einzurechnen. Immerhin hieß es, dass der große Theophrastus Bombast von Hohenheim, besser bekannt als Paracelsus, mit dieser Substanz allerlei Krankheiten kuriert hatte. Seinen frühen Tod, vermutlich durch eine Quecksilbervergiftung verursacht, hatte das Allheilmittel indes nicht verhindern können.

Kunckel schüttelte sich. Angesichts der unausgesprochenen Drohung des neuen Kurfürsten mochte er nicht über Vergiftungen nachdenken. Zumal es Gerüchte gab, dass Friedrichs Stiefmutter Dorothea Sophie durchaus nicht vor Giftmorden zurückschrecke, wenn es darum ging, sich oder ihren Kindern Vorteile zu verschaffen.

Auf alle Fälle bewahrte er nicht nur die Phiolen mit Aurum potabile, sondern auch seine Ration des Mittels Orvietan in seinem geheimen Raum auf.

Kapitel 38

David, Moritz und Tessa standen an der Kreuzung im Tunnel, die sie schon kannten. Nach links bog der Weg ab, der zur Falltür führte, durch die sie gestern in den Tunnel gekommen waren, nach rechts der deutlich längere, der sie in das Laboratorium führte.

Auch wenn sie heute gute Lampen dabei hatten, war ihnen der Weg unheimlich: Zu still, zu feucht und zu dunkel war er und kühl noch dazu. David holte seine Jacke aus dem Rucksack.
Er zog sie über, vergrub die Hände in den Taschen – und holte etwas Kühles, Festes heraus. Er hielt es ins Licht. Ein Stein! Wie war der in seine Tasche gekommen?
Moritz trat auf ihn zu. „Was ist das?"
David schüttelte den Kopf. „Ein Stein, aber ich weiß nicht, woher ich den habe."
Er betrachtete ihn stirnrunzelnd. Der Stein war etwa drei mal drei Zentimeter groß und ziemlich glatt, an einigen Stellen sah er rötlich aus.
In seinem Hirn machte es klick. Der rote Stein – er hatte ihn im Traum schon gesehen. Der Glasmacher hatte ihn aus einem blauen Samttuch geholt und ein bisschen Steinstaub abgerieben. Staub, der aussah wie der in der Phiole, die bei David zuhause stand. Aber wie war der Stein in seine Tasche gekommen?
Und dann erinnerte er sich: Das Feuer, der Blickkontakt mit dem Glasmacher – und dann etwas Schweres, das ihm in die Tasche geschoben wurde. Er hatte in der Panik vergessen nachzusehen, was es war, und die Jacke offenbar seitdem nicht angehabt. Er erzählte den anderen von seiner Vermutung.
„In einem Samttuch?", wollte Tessa wissen. David nickte.
„Dann muss es ein sehr wertvoller Stein sein", überlegte Moritz.
„Könnte es…", begann Moritz und sah den Stein an, „vielleicht…" Er wagte kaum, es auszusprechen. „Und wenn es der Stein der Weisen ist?"
Tessa begann zu lachen, aber David starrte ihn an. War das möglich? Der legendäre Stein der Weisen? Tessa riss die Augen auf. „Ihr spinnt, oder?"

Ein mehr als 200 Meter langer Tunnel verband Kunckels unterirdisches Laboratorium mit dem geheimen Raum, in dem er jetzt stand. Es war eine kleine Zelle, und doch war sie inzwischen zu seinem Arbeitsort geworden. In Hüfthöhe waren Phiolen aufgereiht, etwas höher standen zwei dicke Bücher, die die wichtigsten von Kunckels

Rezepturen und sein alchemistisches Wissen enthielten. Beide wogen so viel, dass er sie einzeln in den Raum tragen musste.
Eine Auswahl an Schalen, Rührstäben und anderen Gerätschaften nahm einen weiteren Regalboden ein. Sein erster Brennofen, der das Feuer beinahe unbeschadet überstanden hatte, stand auf dem Tisch. Nun zog er noch einige Metalle und Mineralien aus der Jackentasche und legte sie ins Regal – Eisen und Kupfer, Zink und Silber, dazu eine kleine Gold-Dublone. Alle hatte er sorgfältig beschriftet.
Kunckel betrachtete die Sammlung, in der nur der Stein der Weisen fehlte. Allein das Samttuch lag dort. Bevor er den Raum verließ, nahm er das Fläschchen mit Orvietan aus einem der Regale und ließ das Glas in seine Tasche gleiten. Angesichts der aktuellen Gefahr war es doch sicherer, das Allheilmittel bei sich zu tragen. Die Rezeptur stand in einem der dicken Bücher.
Nach einem letzten Blick auf seine Schätze trat Kunckel zurück, zog die flache, von außen kaum als solche erkennbare Tür zu und nahm einen Ring mit zwei identischen goldfarbenen Schlüsseln aus der Hosentasche. Einen davon steckte er in das winzige Schlüsselloch und drehte ihn viermal herum. Dann zog er ihn wieder heraus und verschwand im Gang, ohne sich noch einmal umzublicken. Für den anderen hatte er ein Versteck geschaffen, das nur jemand finden konnte, der sehr gründlich suchte.

Kapitel 39

„Wir müssen weiter", murmelte David. Seine Finger umschlossen den roten Brocken und er schob ihn sorgsam in die Jackentasche zurück. Sicherheitshalber zog er den Reißverschluss zu.
Moritz stand immer noch wie festgenagelt neben ihm und starrte ihn an. „Ich kann es nicht glauben", wisperte er. „Das ist absolut unmöglich."
Das war die Untertreibung des Jahres. David mochte gar nicht daran denken, was wäre, wenn es tatsächlich stimmte – wenn sie im Besitz eines so unglaublich

mächtigen Steines waren. Mit Mühe schüttelte er den Gedanken ab und wanderte los.

Tessa starrte die beiden immer noch an und schüttelte den Kopf so sehr, dass David fürchtete, er könne ihr abfallen. „Meint ihr das ernst?“, fragte sie. „Der Stein der Weisen?“

David warf ihr einen Blick zu, zuckte mit den Schultern und ging weiter, Tessa im Schlepptau. Einen Augenblick später folgte ihm Moritz – der Gedanke daran, hier unten allein zu stehen, ließ auch ihn die Schockstarre überwinden.

Mit dem besseren Licht kamen sie deutlich schneller im Tunnel voran. Die drei wanderten schweigend, alle tief in Gedanken versunken.

Endlich erreichte ihre Lampe das Ende des Ganges. „Guckt mal, was ist das?“, fragte David und zeigte auf ein rotes Häufchen, das kurz vor der Wand auf dem Boden lag.

Moritz richtete seine Lampe darauf. Es waren Glasscherben. Blutrote und ein paar mit Gold. David hob das größte Stück hoch. Es handelte sich um den Boden eines zersprungenen Glases. Er betrachtete es von allen Seiten. An einer Stelle waren mit goldener Farbe zwei Buchstaben aufs Glas gemalt: „JK“. „Johann Kunckel“, wisperte er ehrfürchtig und Moritz riss die Augen auf.

„Das hat der Glaskünstler gemacht?“, fragte er. „Wow.“

David überlegte, ob er das Glas mitnehmen sollte, aber dann ließ er es doch und widmete sich der Wand vor ihnen. Die war, wie sie inzwischen wussten, eine Tür. Trotzdem dauerte es eine ganze Weile, bis David den Knubbel fand, der den Schließmechanismus auslöste. Fasziniert sahen die drei zu, wie sich die Wand zur Seite schob.

Sekunden später waren sie auf der anderen Seite und ließen die Wand wieder zurückgleiten. Sie standen in dem weiß verputzten Tunnel, an dessen Wänden Laternen hingen. Jetzt waren es nur noch ein paar Meter bis zu der Tür, die ins Laboratorium führte.

David zog den Schlüssel aus der Tasche. Obwohl er wusste, dass er passte, war er ein bisschen aufgeregt. Mit einem Klick sprang die Tür auf und sie betraten das zerstörte unterirdische Laboratorium. David, der sich an den Traum mit dem Feuer erinnerte, spürte eine Gänsehaut aufsteigen. Er sah die Stelle, an der er gestanden und das Inferno beobachtet hatte.

Jetzt, bei Tageslicht – es gab ja weit oben drei kleine Fenster – wirkte die Szenerie vollkommen harmlos – abgesehen von den rußgeschwärzten Regalen und Tischen sowie den Glassplittern auf dem Boden.

Die drei sahen sich um. Gläser konnten sie nicht sehen, sie waren wohl beim Feuer zerstört worden. Auf dem Tisch in der Mitte konnte man die Reste eines alchemistischen Gerätes sehen – David erinnerte sich noch, wie es ausgesehen hatte.

Aber dann fiel ihm ihre Mission ein. Die dritte Tür, die er im Traum gesehen hatte. David ging auf die Wand mit den Fenstern zu und begann zu suchen. Aber anders als in seinem Traum war die Tür nicht angelehnt – er konnte nicht einmal sehen, ob es überhaupt eine Tür gab.

Moritz begann mitzusuchen, und auch Tessa legte die Hände an die Mauer. Die Wand war unregelmäßig, was die Suche nicht gerade einfacher machte. Sie tasteten und fühlten ohne Erfolg, bis Tessa plötzlich ein Schlüsselloch entdeckte.

„Komisch", sagte sie, „ich kann überhaupt keine Umrisse einer Tür sehen."

David zog den Schlüssel aus der Tasche – den älteren, den er in der Meierei gefunden hatte – und steckte ihn ins Schlüsselloch.

In seinem Kopf hörte er einen Trommelwirbel – und dann ein „Klick". Die Tür sprang auf. Sie war ein Meisterwerk, so genau in die Wand eingepasst, dass man sie wirklich erst sehen konnte, als sie offen war.

Die Freunde starrten in die Öffnung, aus der ihnen ein kalter Luftzug entgegenwehte. Es war stockfinster, und Moritz holte seine Taschenlampe hervor, während Tessa ihr Handy in die Finsternis richtete.

Ein neuer Gang lag vor ihnen, sehr viel schmaler als die bisherigen, und auch deutlich flacher. David und Tessa konnten gerade so stehen, aber Moritz, der ein Stück größer war, musste den Kopf einziehen.

Sie betraten den Gang, und Moritz leuchtete die Tür an. Auch hier gab es keine Klinke, und das Schlüsselloch war kaum zu sehen. „Sollten wir da nicht vielleicht irgendeine Markierung dran machen, damit wir nachher nicht ewig suchen müssen?", fragte Tessa, und Moritz gab ihr recht. Tessa warf einen Blick zurück ins Labor und entdeckte ein längliches Stück Holz. Sie steckte es ins Schlüsselloch – es passte wie angegossen.

„Perfekt", grinste Moritz.

Der Gang vor ihnen war ins Erdreich geschlagen und mit Holzpfählen abgestützt. Dadurch wurde der Gang an einigen Stellen allerdings so schmal, dass sie kaum hindurchpassten.

Sie wanderten schweigend. Weiter, immer weiter. Es kam ihnen wie Stunden vor, aber Davids Uhr zeigte an, dass sie nur etwa fünf Minuten unterwegs waren. Bisher war kein Ende des Ganges in Sicht, Türen gab es auch nicht.

Plötzlich wurde der Gang breiter. „Guckt mal, die Erde sieht hier anders aus", sagte Tessa. David folgte ihrem Blick. Tatsächlich, die Wände, die bisher trocken und hellgrau ausgesehen hatten, waren jetzt dunkelgrau und ein bisschen feucht. Ein paar Meter weiter war, kaum sichtbar, etwa in Hüfthöhe eine Holzleiste waagerecht angebracht. „Leuchte mal", bat David, und Moritz setzte den Lichtkegel dort an, wo er hinzeigte.

Ein kleiner Punkt war zu sehen, etwas dunkler als das Holz drumherum. David drückte darauf, und die Leiste fiel ihm in die Hand. „Ups!", sagte er.

„Guck mal, da ist ein kleiner Schlitz!" Tessa bewegte den Lichtstrahl hin und her. Tatsächlich war dort, wo das Holz gesessen hatte, ein Hohlraum. David griff hinein – und zog einen Schlüssel heraus.

„Der dritte!", sagte er und klang ein bisschen resigniert.

„Aber der sieht ganz anders aus", warf Tessa ein. Tatsächlich war dieser Schlüssel goldfarben und sehr kunstvoll gearbeitet. Er war klein, aber erstaunlich schwer. Der Bart war kompliziert gesägt.

Entschlossen steckte David den Schlüssel in die Tasche und schob die Holzleiste an ihren Platz zurück. Wer immer diese Konstruktion gebaut hatte, war ein Künstler, denn die Leiste passte millimetergenau und war beinahe unsichtbar – vorausgesetzt, man leuchtete nicht direkt darauf.

„Jetzt bin ich aber gespannt, wo der hinpasst! Die nächste Tür kommt bestimmt", ulkte Moritz und hoffte insgeheim, dass sie sie bald erreichten.

Aber eine Tür war weit und breit nicht zu sehen, dafür wurde der Gang nach einer Weile wieder schmaler. „Hoffentlich sind wir bald da." Der Stoßseufzer kam von Tessa, die das Gefühl hatte, dass sich die Wände immer dichter an sie heranschoben.
Wo auch immer „da" ist, dachte David. Aber das behielt er für sich. Er war genug damit beschäftigt, seine Angst in Schach zu halten.

Kapitel 40

Der Tag des Abschieds für Kunckel war gekommen. Der neue Kurfürst hatte dafür gesorgt, dass er zur Zahlung von 8000 Talern verurteilt wurde – wegen Veruntreuung, wie es hieß. Der Prozess gegen Kunckel hatte zwar nicht den Erfolg, den Friedrich geplant hatte – einen Schuldnachweis konnte das Gericht nicht erbringen. Die 8000 Taler aber musste der Glasmacher trotzdem zahlen, und das Feuer hatte ihn finanziell ruiniert.
In dieser Lage erreichte ihn ein Schreiben aus Schweden. Man wollte ihn in Stockholm als Glasmacher beschäftigen, sein Ruf war ihm vorausgeeilt. Sein Buch „Ars Vitraria Experimentalis oder die vollkommene Glasmacher-Kunst", 1679 veröffentlicht, hatte das Seine dazu beigetragen – es war das erste seiner Art und wurde zum Standardwerk für alle, die mit Glasmacherei zu tun hatten.

Also verkaufte er sein Stadthaus in Berlin, um die Schuld begleichen zu können. Das restliche Geld reichte gerade so für die Reise für ihn und seine Frau. Auf der Insel würde er nicht bleiben können, auch wenn er nach wie ihr offizieller Besitzer war. Wehmütig blickte er über die Bäume. Er würde die Insel vermissen. Die Abgeschiedenheit, in der er arbeiten konnte. Die Freiheit, dort schalten und walten zu dürfen, wie es ihm beliebte. Und die Inspiration, die ihm die Natur lieferte. Dann betrat er seinen geheimen Raum, ein letztes Mal, für vermutlich lange Zeit. Vielleicht auch für immer. Er würde dafür sorgen, dass dieses Geheimnis bewahrt wurde – bis es viele Jahre später jemand Besonderes entdecken würde.

Heinz und Uwe hatten eine Weile gewartet, als Sergio hinter einer Falltür verschwand. Sie rechneten damit, dass er wiederkam, denn er hatte eine Tasche stehen gelassen, absichtlich, wie es schien. Es dauerte fast 40 Minuten, bis sich die Falltür wieder hob und Sergio herausstieg. Er hielt ein Bündel Geldscheine in der rechten Hand.
Sie warteten, bis Sergio das Geldbündel in seine Tasche gesteckt hatte. Lautlos schlichen sie sich an. Sie zielten genau auf sein fassungsloses Gesicht, als er sich umdrehte.

„Nimmt das nie ein Ende?", stöhnte Tessa. „Ich verstehe nicht, warum da irgendwo im Nirgendwo ein Schlüssel in der Wand steckt und dann kilometerweit keine Tür zu sehen ist. Wer macht so etwas?"
Wenig später gab es nach endlos vielen Rechtskurven wenigstens eine Linkskurve. Abwechslung, immerhin. Plötzlich blieb David stehen. Moritz sah auf. „Was ist?", fragte er.
„Guck."

Moritz sah genauer hin. Der Lichtkegel erfasste eine Wand. Etwa zehn Meter vor ihnen endete der Gang. Die drei grinsten sich an und beschleunigten ihren Schritt. Sie begannen, nach Knubbeln und anderen Unregelmäßigkeiten zu suchen, um einen Schließmechanismus auszulösen. David tastete links, Moritz rechts und Tessa versuchte es in der Mitte. Man konnte ja nie wissen.

Alle drei tasteten sich voran, Millimeter für Millimeter. Nichts.

„Lass uns mal tauschen und es nochmal probieren", sagte Tessa nach einer Weile. Wieder tasteten sie, fühlten und probierten. Ohne Erfolg. Irgendwann taten ihnen die Finger weh vom vielen Drücken und Tasten. Sie hatten sogar einen Teil der Seitenwände mit der Lampe abgeleuchtet, in der Hoffnung, ein Schlüsselloch zu finden. Nichts.

„Müssen wir jetzt den ganzen Weg zurück und alles war umsonst?" Tessa war fassungslos. „Das kann doch nicht wahr sein!"
Wer verbarg einen Schlüssel mühsam mit einem Holzbalken, wenn er nicht etwas sehr Wichtiges und Bedeutsames verschloss? Und wichtiger noch, wer baute einen Gang, der einfach irgendwo endete?
„Okay", seufzte Tessa nach einer Weile, „ist doof, aber lasst uns umkehren."
Moritz sah sie an. Der Gedanke, die lange Strecke zurückzugehen, gefiel ihm überhaupt nicht. Aber eine bessere Idee hatte er auch nicht, und so drehten die drei um. Doch schon nach wenigen Metern blieb David abrupt stehen. Direkt vor ihm, kaum drei Meter entfernt, stand der Glaskünstler!

Kapitel 41

„Was ist los?", wollte Moritz wissen.
„Guckt doch mal, da vorne!", wisperte David.
„Ich sehe nichts!"
„Der Glaskünstler! Ihr müsst ihn doch sehen!"
Moritz kniff die Augen zusammen und schüttelte den Kopf. Und Tessa rief: „Da ist nichts!"
„Er steht direkt vor uns! Hallo?", wandte er sich an Kunckel, doch der schwieg.
„Was ist mit dir?", rief Moritz, den Davids Verhalten sehr irritierte. Sein Freund starrte mit aufgerissenen Augen in den leeren Gang.
David ignorierte Moritz vollkommen. Sein Blick hing an Kunckel, der ein paar Schritte auf die drei zu machte. Instinktiv ging David ein Stück zur Seite, um ihm auszuweichen. Der Glasmacher bewegte sich an ihnen vorbei zur Wand. David beobachtete, wie sich der Mann an der Stelle bückte, an der sie gerade ewig nach einem Schließmechanismus gesucht hatten, und auf den Boden sah.
David trat näher. Hatte Kunckel vielleicht etwas verloren?

„Was passiert da?", fragte Tessa drängend. Auch Moritz fühlte sich wie ein Blinder neben einem Sehenden. Oder ein Normaler neben einem Irren, so ganz sicher war er sich da nicht.
„Er sucht etwas", wisperte David.
„Wo denn?" Moritz strengte sich an, aber er konnte beim besten Willen nichts sehen.
„Auf dem Boden, direkt vor der Wand."
Moritz und Tessa blickten in diese Richtung. Nichts.
Der Glasmacher zeigte auf eine Wölbung im Boden – und verschwand. „Halt!", rief David und versuchte, Kunckel am Ärmel festzuhalten. Ohne Erfolg. Der Mann war weg.
„Was ist los?", fragte Moritz. Er hatte David „Halt" rufen hören und gesehen, wie er in die Luft griff, aber was das bedeutete, wusste er nicht.
„Er ist weg", sagte David. Er hockte sich auf den Boden und versuchte, die Stelle zu finden, auf die Kunckel eben gezeigt hatte. Nach einigem Suchen hatte er Erfolg. „Da, die Wölbung! Die muss es sein!"
Tessa sah David an wie einen Irren.
David beeilte sich, die Situation zu erklären. „Er hat auf dem Boden gesucht und dann auf diese Wölbung gezeigt", sagte er.
Tessa bückte sich und tastete. Tatsächlich, etwa 30 Zentimeter von der linken Wand entfernt war der Boden ein bisschen erhaben. Sie spürte eine Delle von vielleicht fünf Zentimetern Durchmesser. Mehr ein Dellchen eigentlich.
„Drück mal", forderte David sie auf.
Tessa drückte, und Sekunden später hörten sie ein schleifendes Geräusch. Die Wand vor ihnen öffnete sich. Tessa sah David fassungslos an. „Ich kapiere gar nichts mehr", sagte sie. „Wie hast du das gefunden?"
„Ich nicht – Kunckel hat es mir gezeigt. Uns gezeigt", wiederholte er dann mit Nachdruck.
Seine beiden Freunde sahen nicht überzeugt aus, Moritz' Hirn weigerte sich, an unsichtbare Menschen zu glauben, ganz egal, ob David behauptete, sie sehen zu können, oder nicht. Seufzend folgte er David durch die geöffnete Tür. Tessa

zuckte mit den Schultern und tat es den beiden nach. Als sie hindurchgegangen waren, schloss sich die Tür wieder hinter ihnen. David machte vor Schreck einen Satz nach vorn.
„Wow! Wie geht das denn? Eine Lichtschranke?"
„Ohne Licht? Wohl kaum", meinte Moritz, der zurückgegangen war, um die verborgene Tür von der anderen Seite zu untersuchen. Im Moment war er froh über alles, was ihn von der merkwürdigen Geschichte mit David und dem Glaskünstler ablenkte. Er bückte sich und sah auf dem Boden nach – vielleicht war der Mechanismus ja von beiden Seiten der gleiche.
Tatsächlich. Auch auf dieser Seite gab es eine kleine, kaum sichtbare Wölbung im Boden. Moritz drückte, und die Tür glitt wieder auf. „Das ist der Wahnsinn", meinte er und beobachtete, wie die Tür nach etwa einer Minute erneut zuging.
Er ließ das Taschenlampenlicht über die vermeintliche Wand fahren. „Da sieht man nichts", rief er, „da kommt niemand drauf, dass das hier eine Tür ist. Wer das gebaut hat, war ein absoluter Profi."
Der Gang, in dem sie jetzt standen, war etwas breiter und niedriger. David leuchtete nach vorn, aber das Licht verlor sich in der Ferne. Sie gingen langsam los, alle drei in Gedanken versunken, aber immer auf der Hut vor Unebenheiten in der niedrigen Decke. Wer hier nicht aufpasste, konnte sich eine Beule holen.
„Ich kapier das nicht", sagte Tessa so plötzlich, dass David zusammenzuckte. „Bist du sicher, dass du ihn gesehen hast? Ich habe nämlich überhaupt nichts gesehen."
David nickte und schüttelte dann den Kopf. Er war sicher, Kunckel gesehen zu haben. Aber gleichzeitig auch nicht. Denn eigentlich war das ja gar nicht möglich, oder?
„Ich weiß es auch nicht", sagte er dann, und es klang müde.
Was aber auch immer ihnen den Weg gewiesen hatte – es hatte ihnen wirklich geholfen, sonst müssten sie jetzt den ganzen langen Weg zurückgehen.
Kurz darauf standen sie vor einer Holzkonstruktion, die aussah wie ein großes „X". Dahinter wurde der Gang so schmal und niedrig, dass sie erneut kriechen mussten.

David schaltete die Stirnlampe wieder an, holte noch einmal tief Luft und begann zu krabbeln.

Tessa folgte ihm, ohne zu zögern, und dahinter kam Moritz. Die Lampe, die er in die Jackentasche gesteckt hatte, warf ein unheimliches, schwankendes Licht. Hinter Moritz war es so stockfinster, dass er automatisch schneller krabbelte und Tessa fast vor sich herschob.

Etwa zwei Minuten lang krochen sie schweigend, ohne ein Ende des Ganges zu sehen. Das allerdings kam so plötzlich, dass David beinahe abgestürzt wäre: Vor ihnen ging es etwa einen Meter tiefer weiter.

Die drei ließen sich nach unten gleiten und sahen sich um. Was hatte sich der Bauherr hier wohl gedacht? Wahrscheinlich hatte er von beiden Seiten gegraben und irgendwann gemerkt, dass ein Gang höher lag als der andere. Oder?

Tessa staunte: „Sieht aus wie in einem normalen Keller." Tatsächlich: Wände und Decke waren verputzt, nur der Boden bestand aus festgetretener Erde. David schaltete seine Stirnlampe aus, das Licht aus Moritz' Taschenlampe und Tessas Handy genügte. Stumm gingen sie weiter, und wenig später standen sie an einer Kreuzung. Rechts und links gingen Wege ab.

Der linke Gang war deutlich niedriger als der rechte und wirkte so, als hätte es mal Abbrüche gegeben – auf dem Boden lagen große Steinbrocken. „Lass uns den hier versuchen", meinte Tessa und bog rechts ab. Nach einigen Metern fiel der Lichtkegel auf eine Tür.

Es war zur Abwechslung eine ganz normale Tür, auch wenn sie schon bessere Zeiten gesehen hatte. Rost blätterte in großen Stücken ab. Die Klinke bestand aus Metall, das mit Holz überzogen war. David guckte Moritz und Tessa an.

„Na los!", forderte ihn sein Freund auf. David drückte die Klinke herunter, und die Tür gab mit einem leisen Quietschen nach. Zögernd leuchtete Moritz in die Finsternis. Ein Gang. Wieder einmal.

Es gab einige Türen. Eine davon, dachte David, muss die sein, zu der der neue Schlüssel passt. Und die hoffentlich erklärte, was sich Kunckel mit seiner Geheimniskrämerei gedacht hatte. Die erste Tür war in sich zusammengebrochen. Nur noch einige Bretter waren vorhanden, und als sie durch die Schlitze leuchteten,

sahen sie einen komplett leeren Raum. Nummer 2 war verschlossen, aber keiner der Schlüssel passte. David stöhnte leise.
Tessa lief an ihm vorbei auf die dritte Tür zu. Sie war offen, und Tessa leuchtete in den Raum hinein: ein paar Lumpen am Boden, drei uralte Bretter und eine leere Flasche, auf der eine dicke Schmutzschicht lag. Sonst: nichts. „Och, nein!", jammerte sie.
Die nächste Tür war sehr schmal und niedrig, wie aus einer Zwergenwohnung. Aber auch hier passte der Schlüssel nicht. Tessa leuchtete durch einen Schlitz. „Und? Siehst du was?", wollte David wissen. Tessa schüttelte den Kopf.
Irgendwie hatten sie alle keine Lust mehr. Das Abenteuer war dabei, wie eine zu flache Welle auszurollen. Am liebsten wären sie umgekehrt, aber der Gedanke an den langen Weg hielt sie ab. Sehr weit konnte es nicht mehr sein, SO groß war die Insel ja nun auch nicht. Wenig später machte der Gang eine Kurve.
„Da ist wieder eine Tür!", rief Tessa und ging ein bisschen schneller. Doch David griff nach ihrem Arm. „Pssst!" murmelte er. „Hört ihr das?"
Moritz und Tessa blieben stehen und lauschten. Stimmen. Die Männer waren in der Nähe! Sehen konnten sie niemanden, aber vor ihnen machte der Gang noch eine Kurve – womöglich waren die Typen kurz dahinter. David machte eine Kopfbewegung auf die Tür hin, die nur ein paar Schritte entfernt war. Moritz drückte auf die Klinke und die Tür öffnete sich ein Stück. *Quiiiiieeeeetsch.*
Die Stimmen verstummten um kurz darauf wieder zu erklingen. Sie klangen erregt – die Männer mussten das Quietschen gehört haben. David überlegte nicht lange, sondern quetschte sich durch die halb geöffnete Tür und zog Tessa hinter sich her. Moritz folgte ihnen lautlos.
Sie wagten nicht, die Tür hinter sich zu schließen. Moritz deckte den Lichtkegel ein bisschen ab und leuchtete in den Raum. Er war leer.
Zu allem Überfluss gab es weder ein Fenster noch eine weitere Tür. Sie saßen in der Falle! Panisch sahen sie einander an. Moritz knipste schnell die Taschenlampe aus.
David spürte eiskalte Angst aufsteigen. Er starrte verzweifelt auf die gegenüberliegende Wand. Auf Kunckel.

Kapitel 42

Der Glasmacher war wieder da! Er winkte sie herüber.

„Kommt!", wisperte David seinen Freunden zu und zog sie zu der Stelle, an der Kunckel stand. Der ging ein paar Schritte, bückte sich – und verschwand. David folgte ihm bis kurz vor die Wand, die anderen beiden im Schlepptau. „Wo ist er hin?"

„Wer?" Aber Tessa ahnte schon, wen David meinte. David untersuchte die Wand. Kunckel hatte auf eine Stelle etwa 30 Zentimeter oberhalb des Bodens gezeigt. Er legte die Hand auf die Stelle – und die Wand gab nach wie eine Luke. Eine kleine Öffnung tat sich auf. David glitt hindurch.

Tessa und Moritz folgten ihm lautlos. Als sie auf der anderen Seite standen, schloss sich die Öffnung wieder. „Wow!", entfuhr es David.

Tessa zerrte ihr Handy aus ihrer Hosentasche und leuchtete in den Raum hinein, in dem sie sich jetzt befanden. Auch Moritz machte die Taschenlampe an.

Es war kein Raum, sondern ein weiterer Gang aus grob ausgehobener Erde. Moritz hob die Lampe und leuchtete etwas weiter. Die Decke war so hoch, dass die drei gerade aufrecht stehen konnten. Die „Tür", durch die sie eben gekommen waren, war von dieser Seite nur als steinernes Rechteck zu erkennen – und ein Stück weiter sahen sie noch einige weitere Rechtecke dieser Art. Neben dem ersten entdeckte Moritz einen weißen Schatten.

„Was ist das?", wollte er wissen. David folgte seinem Blick und riss die Augen auf.

„Du kannst ihn sehen?", wollte er wissen.

„Wen sehen?"

„Na, den Glaskünstler! Du leuchtest ihn an!" Moritz starrte David überrascht an. „Ich kann eine Art Umriss sehen."

Auch Tessa kniff die Augen zusammen. Irgendetwas Undefinierbares war da, das aussah wie eine Nebelwolke.

David freute sich. „Ihr könnt ihn sehen!"

Kunckel machte eine Bewegung nach vorn. Moritz starrte ihn mit weit aufgerissenen Augen an und Tessa sah aus, als ob sie gleich in Ohnmacht fallen würde. David erinnerte sich nur zu gut, wie ihm selbst zumute gewesen war, als er den Glaskünstler das erste Mal gesehen hatte.

Der Schatten begann jetzt, Form anzunehmen. „Wow!“, entfuhr es Moritz und Tessa wurde ganz blass.

„Was ist?“, wollte David wissen.

„Es ist ein Mann“, wisperte Tessa, und Moritz konnte seinen Blick nicht von Kunckel wenden. Der weiße Schatten hatte sich in einen Mann mittleren Alters verwandelt, der jetzt entschlossen auf eine der Türen zu ging und einfach hindurchglitt.

Tessa staunte. „Ist er jetzt einfach durch die Wand gegangen?“

David nickte. „Ich kann es auch nicht verstehen“, sagte er. „Ich denke immer noch, ich spinne.“

„Ich auch“, wisperte Moritz.

Kapitel 43

Fußgetrappel und wütende Stimmen rissen die drei aus ihrer Verwirrung. Offenbar waren die Männer in dem Raum, aus dem die Kinder eben geflüchtet waren. Vermutlich suchten sie nach ihnen.

„Hoffentlich finden sie den geheimen Durchgang nicht“, flüsterte Tessa beklommen. Sie warf einen Blick auf die Wand, durch die Kunckel gerade gegangen war.

Sie konnten es dem Glaskünstler nicht so einfach nachmachen. Oder? David probierte es, doch leider war die Wand kein zweiter Zugang zum Gleis 9 ¾ – sie blieb hart und unnachgiebig, als er sich dagegen lehnte. So machten sie sich daran, den Mechanismus zu finden, der die geheime Tür zum nächsten

Raum öffnen würde. Sie drückten, schoben und tasteten. Nichts. „Da ist eine Ritze", wisperte Tessa nach einer Weile. Es sah aus, als hätte jemand etwa einen Zentimeter aus der Wand herausgefeilt. David drückte und drehte, aber es passierte nichts.
„Der Schlüssel?", fragte Moritz. David zog ihn heraus und schob ihn in die Öffnung. Aber er passte nicht. „Guckt mal, der Schlüsselgriff sieht so aus wie das Gegenstück zu der Ritze", sagte Tessa und griff nach seinem Arm. Sie nahm David den Schlüssel aus der Hand und schob ihn verkehrt herum in die Öffnung. Ein leises Klicken ertönte, und ein Stück Wand hob sich.
„Ziemlich clever", meinte David.
„Meinst du mich oder den Mechanismus?", wollte Tessa wissen, bevor sie in der Öffnung verschwand.
„Beide", grinste David und krabbelte hinter ihr her, gefolgt von Moritz.
Der Raum, in den sie jetzt kamen, war kleiner und niedriger als der, in den sie eben vor den Männern geflüchtet waren. Die Wände waren grob verputzt. Von einem dreibeinigen Hocker abgesehen, war er leer.
David sah sich frustriert um. „Warum hat er uns hier reingelockt?", Kunckel war nicht zu sehen.
„Irgendwas muss es hier geben", sagte David und begann, mit seiner eigenen Lampe zu leuchten. Zentimeterweise suchte er die Wand nach einem Mechanismus ab. Moritz unterstützte ihn und nach einer Weile begann auch Tessa zu tasten.
Ein leiser Windstoß ließ David hochfahren. Der Glaskünstler stand neben ihm. Er gestikulierte aufgeregt. David versuchte zu verstehen, was er ihm sagen wollte.
Kunckel sah ihn an und hielt einen Schlüssel, der exakt so aussah wie der neueste Schlüssel in Davids Jackentasche, an die Wand. David trat an ihn heran und leuchtete mit der Lampe. „Ich sehe es!", wisperte er.
Es war ein winziges Schlüsselloch, das sie nicht gefunden hätten, wenn Kunckel es ihnen nicht direkt gezeigt hätte. Der Glaskünstler verschwand durch die Wand. David zog den Schlüssel aus der Tasche und schob ihn in die Öffnung.

Ein leises Klicken, und eine sehr schmale Tür öffnete sich.
David hob die Lampe und riss die Augen auf. Dieser Raum war klein, aber nicht leer. Ein Regal stand an einer Seite, ein Tisch auf der anderen. Es sah aus wie die Schatzkammer des Glaskünstlers!
Rote Gläser standen dicht an dicht im Regal, daneben einige Schalen und eine Karaffe. Eine Etage tiefer entdeckten sie Phiolen, die mit winzigen Etiketten beklebt waren. Einige Kästchen aus Holz. Eine Schale voller goldener Schmuckstücke. Eine weitere, die mit Glasperlen in allen Farben gefüllt war. Einige Mineralien und eine Gold-Dublone.
Noch eine Etage darunter standen ein paar Geräte. David erkannte einen der Öfen, die er in seinem Traum gesehen hatte. Athanor. Er musste den Namen ausgesprochen haben, denn Kunckel lächelte und nickte.
David ließ den Blick zum Tisch schweifen, auf dem er einen in ein Samttuch geschlagenen Gegenstand entdeckte und einige Notizbücher, die mit einer winzigen, sorgfältigen Schrift bedeckt waren.
Die drei schwiegen andächtig.
Kunckel aber begann, unruhig zu werden. Er wies auf eine Kiste, die auf dem Boden stand. Sie war zur Hälfte in unzählige kleine Fächer aufgeteilt, die andere Hälfte war mit einem Samttuch ausgelegt. Kunckel wies auf die Gegenstände im Regal und auf dem Tisch und dann auf die Kiste.
David starrte ihn an. Sollten sie die Gegenstände in die Kiste packen?
David nahm ein Glas und zeigte auf die Kiste. Kunckel nickte heftig, und David legte es in eines der Fächer. Der Junge hob weitere Gläser in die Kiste. Dann die Phiolen. Moritz übernahm die Kästchen, Tessa die Schalen, und zusammen hoben sie die Geräte in das große Fach. Nun blieben nur noch die Notizbücher und der Gegenstand auf dem Tisch. Er fühlte sich an wie ein Buch. Behutsam hob David das Tuch ab, doch Kunckel machte eine abwehrende Bewegung und zeigte auf die Kiste.
David war verwundert. Warum die Eile? Aber er tat, was Kunckel verlangte, und legte das Buch in die Kiste. Zum Schluss zog Kunckel noch etwas aus seiner Jackentasche und legte es dazu. David warf einen Blick darauf. Es war ein kleines

braunes Fläschchen mit der Aufschrift „O“. Was auch immer das bedeutete. Der Glaskünstler blickte zufrieden, lauschte in die Ferne und wies auf ein Brett, das an ein Tischbein gelehnt war.
Tessa kroch hin und hob es auf. „Der Deckel!“ Gemeinsam legten sie ihn auf die Kiste. Der Glaskünstler wies nun auf den schmalen Durchgang.

Moritz und David hoben die Kiste an. Sie war schwer, aber deutlich leichter, als sie befürchtet hatten. Tessa fand das Schlüsselloch, öffnete die Tür und die Jungen schoben die Kiste hindurch. Sie passte beinahe auf den Millimeter genau. Dann schlüpften die drei selbst durch die Öffnung.
Kunckel zeigte nach links. Tessa nahm die Taschenlampe aus Moritz' Tasche und ging voran. Moritz und David übernahmen je eine Seite der Kiste.
Sie war wirklich erstaunlich leicht für das, was sie enthielt. David warf Kunckel, der ein Stück vor ihnen stand, einen misstrauischen Blick zu. Hatte er etwas daran manipuliert?
Kunckel sah die drei an und machte eine Geste: Dorthin. Er wies auf den dunklen Gang zu seiner Linken.
„Dann mal los", sagte David und sie machten sich auf den Weg. Tessa leuchtete ihnen.

Kapitel 44

Ein Geräusch ließ sie nach wenigen Metern zusammenzucken. Ein Knall. Dann ein Schrei. Und Stille. „War das eben ein Schuss?", wollte Tessa wissen.
David starrte seine Freunde an. Er hatte noch nie einen Schuss gehört, aber das klang schon sehr danach.
„Wir sollten schneller gehen", murmelte Moritz, was sich David und Tessa nicht zweimal sagen ließen.
Inzwischen rannten sie fast. Kunckel scheuchte sie weiter. Wenig später ließ sie ein Donnern zusammenfahren. „Was war das?" David blieb stehen und lauschte.
„Ein Erdbeben?" Moritz ließ beinahe die Kiste fallen. Tessa starrte ihn entsetzt an. Ein weiteres Donnern ertönte. Und nicht nur das: Die Erde unter ihren Füßen vibrierte, und Erdstücke und Steine fielen vor und hinter ihnen zu Boden.
„Was IST das?", rief Tessa mit panischer Stimme.

Moritz starrte sie an. „Eine Explosion", vermutete er. „Die haben einen Sprengsatz gezündet!" Die Jungen stellten die Kiste ab und flitzten zurück zu der Stelle, an der sie eben die Kiste durch die schmale Öffnung geschoben hatten.
Sie kamen nicht weit. Vor ihnen türmte sich Erdreich auf. Moritz leuchtete in die Finsternis und sah etwas entfernt ein Stück Holz und die Reste eines Jutesacks. Davor lag Papier. Moritz ging näher und machte große Augen: „Das sind Geldscheine!"
David und Tessa tauchten neben ihm auf und waren genauso überrascht. Die drei knieten sich hin und griffen nach den Scheinen. „Wo kommt das her?"
„Das muss den Männern gehören", wisperte David und leuchtete um sich.
Der Gang war zugeschüttet, da war kein Durchkommen. Dafür war ein Stück Seitenwand offen. Nur ein winziges Stück, etwa eine Handbreit. David leuchtete hinein und staunte. Er sah Säcke, Geldscheine, Münzen und Schmuck – alles wild verstreut vor einem Riesenhaufen Steine. Ansonsten war der Raum leer.
Ein Stöhnen ließ die Kinder erstarren. „Da ist jemand verletzt", vermutete Tessa. Aber sie sahen keinen Menschen, sondern nur Erdbrocken und – offenbar – die Beute oder was auch immer das für Geld war. Der oder die Verletzten mussten in einem anderen Raum sein. Oder hinter den Erdbrocken.
„Die Typen, die wir vorhin gehört haben", nahm David an. „Aber warum haben sie erst geschossen, wenn sie dann doch eine Bombe nehmen?" Und vor allem: Auf wen?
„Wir müssen Hilfe holen", drängelte Moritz leise, damit die Männer ihn nicht hören konnten. David nickte. Auch wenn es Verbrecher sein mochten – hier gab es Verletzte, und sie brauchten vermutlich einen Arzt.
Die drei liefen zur Kiste und dem ungeduldig wartenden Kunckel zurück. Die Jungen griffen nach den Kistenhenkeln und stapften los. Kunckel führte sie. Wenig später standen sie vor einer Leiter. „Das wird jetzt ein Problem", stellte Moritz fest und betrachtete erst die Kiste, dann die Leiter.
„Wir versuchen es", meinte David, „die Kiste ist ja nicht sehr schwer." Dann aber setzte er seine Seite der Kiste ab und kletterte erst einmal allein nach oben. „Eine Falltür!", rief er und drückte dagegen. Sie gab nicht nach.

David drehte sich um und warf Kunckel einen Blick zu. Der zog einen Schlüssel aus seiner Tasche, den David sofort erkannte: Es war der, den er an der Meierei gefunden hatte – und der in seiner Jackentasche lag, wie er mit einem Handgriff feststellte. Kunckel hatte ihm wohl nur eine Kopie gezeigt. David nahm den Schlüssel, während Tessa mit ihrer Handy-Lampe nach dem Schloss suchte.
David steckte den Schlüssel hinein, drehte ihn und drückte die Falltür einen Spaltbreit auf. Sein Blick fiel auf einen Stall und auf die Zweige einer dichten

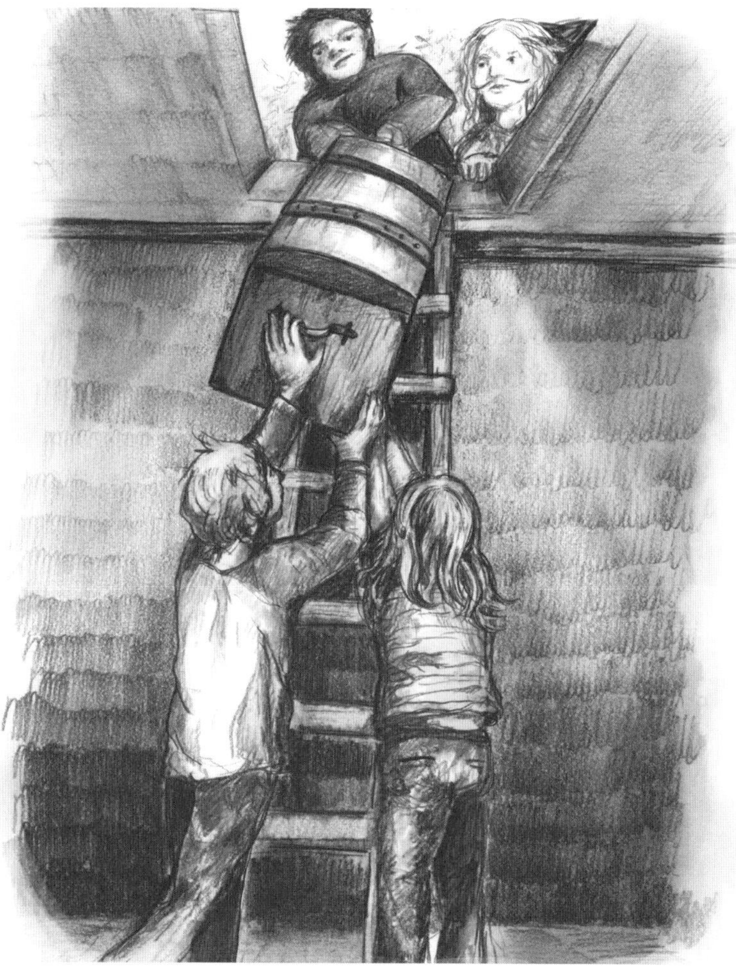

Hecke. Die Falltür war gut versteckt. David sah sich um und stellte fest, dass sie sich in der Nähe der Meierei befanden.
Behutsam drückte er die Tür weiter auf. Gemeinsam hievten Moritz und er dann die Kiste nach oben. Kunckel schwebte neben ihnen und es schien, als trüge auch er ein bisschen vom Gewicht der Kiste.
Nach einigen Minuten hatten sie es geschafft und setzten den Kasten auf den Erdboden neben der Falltür. Moritz senkte die Tür vorsichtig wieder auf die Öffnung. Dann suchte er nach dem Außenschloss. Tessa gab ihm den Schlüssel.
„Wohin jetzt mit der Kiste? Sollen wir die zur Polizei bringen?" Davids Frage richtete sich an Kunckel, der vehement den Kopf schüttelte und zur Seite wies.
„Sie meinen den hohlen Baum." Warum ihm das klar war, wusste David selbst nicht – Kunckel hatte nur zur Seite gezeigt. Aber der Glaskünstler nickte heftig.
„Aber wir müssen Hilfe holen!", rief Moritz und griff in seine Jackentasche. Er zog sein Handy heraus und drückte ein paar Tasten. „Mist, der Akku ist leer."
David und Tessa griffen nach ihren Handys und rissen die Augen auf. „Meiner auch!" David blickte zu Kunckel, doch der sah demonstrativ in eine andere Richtung. Deshalb so beschlossen die Kinder, in Richtung Baum zu gehen und von dort aus Hilfe zu holen.
Sie brauchten nur wenige Minuten, was David Kopfzerbrechen bereitete, denn von der Meierei zum Baum war es ein ganzes Stück – sonst hatte er viel länger für den Weg gebraucht. Aber auch diesmal blickte Kunckel in eine andere Richtung, als ihm David einen fragenden Blick zuwarf. Hatte der Glaskünstler seine Hände im Spiel? Sein Gesicht jedenfalls verriet nichts.
David zog den Schlüssel heraus und schloss die Baumtür auf. Mit Moritz' Hilfe zog er die Kiste in den Innenraum. Plötzlich stand Kunckel vor ihm und wies auf eine Nische, die David bei seinem ersten Besuch nicht gesehen hatte. Sie befand sich auf Höhe der zweitobersten Treppenstufe und hatte die ideale Größe für die Kiste.
David schüttelte den Kopf. Kunckel hatte offensichtlich an alles gedacht.
Als er die Baumtür wieder abschloss, hörte er Tessas verwunderte Stimme. „Mein Handy geht wieder!"

David zog seines heraus. „Meins auch!" Und Moritz grinste und zeigte auf seinen Handy-Bildschirm. Alle drei warfen Kunckel einen Blick zu. Der lächelte.
„Sie haben gelebt, als es diese Dinger noch gar nicht gab", beschwerte sich David, „woher wissen Sie, wie man sie mal eben so entlädt und neu lädt?"
Der Glaskünstler verzog keine Miene.
David seufzte und tippte die Nummer der Polizei ein. Er erläuterte, was sie gesehen und gehört hatten, und beschrieb den Weg zur Falltür, durch die die Beamten die verletzten und offenbar eingesperrten Verbrecher erreichen konnten.

Kapitel 45

Als die Polizei eine halbe Stunde später eintraf, standen Tessa und die beiden Jungen wieder vor der Falltür und hatten sich schon überlegt, was sie sagen würden: Sie waren durchs Gebüsch gestrolcht und hatten die Falltür entdeckt. Dann waren sie am nächsten Tag mit Taschenlampen wiedergekommen, um zu erforschen, was sich hinter der Tür verbarg. Nach einigen Minuten hatten sie eine Explosion gehört.
Es klang alles plausibel, und sie dachten sogar daran, die Falltür aufzuschließen, bevor die Polizei eintraf.
Der Beamte, der wenig später auf sie zukam, machte zwar ein finsteres Gesicht, als er erfuhr, dass die Kinder ganz allein in den Gang geklettert waren, aber er schien ihre Geschichte zu glauben.
Drei Polizisten machten sich, mit Lampen, Seilen und Spitzhacken bewaffnet, auf den Weg. Die Kinder wurden aufgefordert, oben zu bleiben, was sie widerwillig taten.
Es dauerte einige Stunden, bis die Eingeschlossenen befreit waren. Es waren zur Überraschung der Kinder drei – bisher hatten sie immer nur zwei Männer gesehen. Einer der drei war schwerer verletzt, er hatte eine Schusswunde

am Bein. Dem Beamten, der ihn befragte, sagte er, dass er Sergio heiße. Die anderen beiden hatten Schnittwunden von herumfliegenden Steinsplittern, waren aber nur leicht verletzt.

Einen der beiden erkannte der Polizist als den Kleinganoven Uwe Meier. Der andere zog es vor zu schweigen. So übernahm es Uwe, ein paar Informationen über den Mann zu verbreiten – er rechnete wohl mit mildernden Umständen.

Hinter dem Namen Heinz verbarg sich Eduard Falinkowski. Heinz war überrascht, dass Uwe seinen wahren Namen kannte. Und als der Beamte später „Eduard Falinkowski" in die Verbrecherdatenbank eingab, machte er große Augen: Da war ihnen ein ziemlich dicker Fisch ins Netz gegangen. Ein Hehler, der gerne mit Millionen jonglierte. Uwe erzählte von dem Russen und den nächtlichen Aktivitäten auf der Insel. Verriet, dass der Russe und zwei Komplizen diejenigen waren, die einst zu den Tunnelgangstern gehört hatten. Und dass die Beute in einem der Räume unter ihnen lag.

Die Beamten machten sich auf die Suche und holten tatsächlich Unmengen von losen Münzen, Schmuckstücken und Geldscheinen ans Tageslicht. Wenig später standen vier mit Münzen und Scheinen gefüllte Säcke und eine pralle Plastiktüte voller Schmuckstücke auf dem Boden neben der Falltür. Die Besitzer der Schmuckstücke wären vermutlich entsetzt, wenn sie sehen würden, dass ihre teuren Ketten und Armbänder in einer Supermarkt-Tüte untergebracht waren. Aber immerhin bekamen sie ihren gestohlenen Besitz jetzt zurück.

Tessa, David und Moritz beobachteten das Geschehen aus einer gewissen Entfernung. Kunckel war auch noch da, und er sah sehr zufrieden aus.

Nach einiger Zeit kam ein Polizist auf sie zu und bat sie, mit aufs Revier zu fahren. Dort wurden sie als Zeugen vernommen, denn aus Sicht der Polizei waren sie diejenigen, die die Verbrecher entdeckt und das geraubte Gut gefunden hatten. Der Beamte ließ es sich jedoch nicht nehmen, sie noch einmal energisch darauf hinzuweisen, dass unterirdische Gänge zwar sicher spannend, aber für Kinder doch viel zu gefährlich seien. Dann versprach er ihnen einen sehr ordentlichen Finderlohn. Eine Zahl mit vier Nullen dahinter, die die drei schlucken ließ. So viel Geld!

Kapitel 46

In den nächsten Tagen klärte sich vieles auf. Die Kinder erfuhren, dass die Geld- und Schmucksäcke tatsächlich die Beute aus dem Tunnelraub waren. Und dass der geheimnisvolle Heinz auf irgendeinem Wege erfahren hatte, dass sich die Beute seit kurzer Zeit auf der Pfaueninsel befand. An den Russen wagte er sich nicht heran, weil der sich gern mit mehreren Bodyguards umgab. Aber Sergio war ein leichtes Opfer gewesen.
Heinz und Uwe waren ihm gefolgt, als er auf die Insel übersetzte, und hatten ihn überwältigt, als er aus dem unterirdischen Gang herausgekommen war. Als er sich weigerte, zu verraten, wo die Beute untergebracht war, hatte Heinz ihn mit der Waffe bedroht – und Sergio hatte sie in Todesangst zu dem Raum geführt. Einen Schlüssel aber hatte er nicht, vermutlich hatte er ihn, als ihn die beiden Männer angriffen, weggeworfen. Heinz glaubte ihm nicht und schoss ihm ins Bein, aber der Schlüssel blieb verschwunden. So griffen Heinz und Uwe zu Dynamit, um die Tür zu öffnen. Leider hatten sie sich in der Dosierung verkalkuliert, und so stürzte viel mehr Erdreich zusammen, als sie gedacht hatten. Der Ausgang war ihnen versperrt, und die Beute war für sie ebenfalls nicht mehr erreichbar.
Was die Polizei nicht wusste, war, dass Kunckel den Kindern durch sein

unbarmherziges Antreiben das Leben gerettet hatte. So waren sie zur Zeit der Explosion weit genug entfernt gewesen. Was für ein Abenteuer – und es war noch nicht vorbei.

Ein paar Tage später nämlich kehrten die drei zur Insel zurück. Sie wollten die Kiste holen. Lange hatten sie überlegt, wie sie das anstellen sollten. Einen so großen Gegenstand konnte man kaum unbemerkt auf der Fähre mitnehmen. Aber schließlich hatten sie eine Idee: Die Jungen würden es einfach so machen wie die Verbrecher – und mit einem Boot übersetzen. Moritz hatte ein blaues Schlauchboot im Keller, das sie auf dem Fahrrad mitnahmen und im Schutz einer Hecke am Ufer aufbliesen. Sie hatten einen trüben Tag ausgewählt, an dem nur wenige Menschen unterwegs waren. Das Boot ließen sie an einer Stelle ins Wasser, die vom Fährweg aus nicht einzusehen war, und ruderten auf die Insel. Tessa dirigierte die Jungen von der Insel aus zum Ufer.

Zusammen flitzten die drei zum Baum, hoben die Kiste heraus, verschlossen die Tür wieder und gingen mit ihrer Last ungesehen zum Boot.

Die nächste Schwierigkeit war, den Kasten am anderen Ufer auf Davids Fahrrad-Gepäckträger zu befestigen. Mit vier dicken Gummiseilen und einiger Anstrengung gelang es ihnen.

Bevor sie losfuhren, blickten sie noch einmal auf die Insel. Am Ufer stand Kunckel und schaute zu ihnen hinüber, den rechten Arm wie zum Gruß erhoben. Dann verschwand er.

Die drei ahnten, dass sie den Glaskünstler zum letzten Mal gesehen hatten. David spürte ein Zwicken im Bauch. Er würde seinen merkwürdigen Begleiter vermissen.

Als sie in Davids Zimmer die Kiste öffneten, schien Kunckel aber doch wieder da zu sein. Sein Vermächtnis lag vor ihnen! Und die drei Abenteurer sahen erst jetzt, welche Pracht da in der Kiste steckte. Wunderschöne rote Gläser, Schalen und Karaffen. Perlen, dazu Phiolen mit undefinierbarem Inhalt. Alchimistische Geräte aus alten Zeiten. Zwei Notizbücher. Eines davon schlug David auf. Gleich vorn fand er die Zeichnung eines Steines, der genauso aussah wie der, den er in seiner Jackentasche hatte. „Er hat die gleiche Farbe wie der Inhalt der Phiole, die ich vor ein paar Tagen gefunden habe", wisperte David. Und Moritz starrte auf die beiden Worte, die in feiner Schrift unter der Zeichnung standen: „Lapis philosophorum".

„Der Stein der Weisen", entfuhr es ihm und er spürte eine Gänsehaut. David zog den Brocken aus der Tasche und sie betrachten ihn ehrfürchtig. Dann griff David nach einem blauen Samttuch und hüllte den Stein behutsam darin ein, bevor er ihn die Jackentasche zurücksteckte.

„Und was ist das?" Tessas Blick fiel auf einen großen Gegenstand, der in ein dunkelrotes Samttuch eingeschlagen war. Sie hob ihn aus der Kiste. Es war ein großes Buch, das kunstvoll mit Leder bezogen und mit kleinen Nieten besetzt war.

„Grimoire" stand darauf, und „Johann Kunckel zu Löwenstern".

Ganz vorn lag ein Zettel mit einer Adresse. „Gottfried Kunckel", las David. Und staunte: „Das ist bestimmt ein Nachfahre!"

Moritz las weiter: „Bitte Inhalt der Kiste abgeben an den o.g. Herrn in der Ahornstraße 3." Darunter stand, wie nachträglich dazugesetzt: „Drei Gläser, drei Perlen und der Lapis philosophorum sind Finderlohn für drei tapfere Kinder, die mein Vermächtnis vor der Zerstörung bewahrt haben. J.K."

Tessa, David und Moritz sahen einander an. Ihnen schwirrte der Kopf. Darum also war es dem Glaskünstler gegangen. Er wollte den Inhalt der Kiste schützen. Aus irgendeinem Grund hatte er die Explosion vorausgesehen und alles daran gesetzt, sie aus dem unterirdischen Raum zu bekommen.

Ehrfürchtig zogen die Kinder jeweils eines der zarten roten Rubingläser aus der Kiste und stellten es auf den Tisch. Dann griffen sie nach einer gelben, einer blauen und einer grünen Perle und David fühlte nach dem roten Stein, der immer noch in sein Tuch gehüllt war. Sie durften ihn behalten!

Eine ganze Weile blieben sie schweigend sitzen und sahen ihre neuen Schätze an. „Was nun?", wollte Moritz dann wissen.

„Wir besuchen Gottfried Kunckel", strahlte ihn Tessa an.

Eine Stunde später standen sie vor der Tür eines prächtigen Gründerzeithauses und David drückte auf den Klingelknopf, unter dem der Name „G. Kunckel" stand.

Wenig später öffnete sich die Tür. Heraus blickte – der Glaskünstler. Die Kinder starrten ihn fassungslos an. Das war doch nicht möglich?
Der Mann mit dem Gesicht des Glaskünstlers lächelte. „Ich bin Gottfried Kunckel", sagte er und reichte David die Hand. Der Junge zögerte. Einen Geist konnte man doch nicht berühren, oder? Aber die Hand, die nach seiner griff, war warm und fest.
„Kommt herein! Ich habe euch schon erwartet!"

– ENDE –

Wer war Johann Kunckel?

Johann Kunckel lebte zwischen 1630 (einige Quellen nennen auch 1634 bzw. 1638 als Geburtsjahr) und 1703. Geboren wurde er in Wittenberg bei Plön im heutigen Schleswig-Holstein. Sein Vater Jürgen Kunckel war Glasmacher und brachte Johann die Kunst der Glasherstellung bei. Später ging der junge Mann auf Wanderschaft und erwarb unter anderem in Holland und Venedig weitere Kenntnisse.
Um 1659 kam er als Apotheker und Alchemist an den Hof des Herzogs von Sachsen-Lauenburg, wo er den Posten eines Kammerdieners innehatte. Elf Jahre später rief ihn Kurfürst Johann Georg II. von Sachsen an seinen Dresdner Hof. Als „Geheimer Kammerdiener und Chymico zu unserem geheimen Laboratorio" verdiente er 1000 Taler pro Jahr, was für die damalige Zeit sehr viel war. Es heißt, dass Kunckel am Hof Gold erzeugen sollte. Der Kammerdiener beschäftigte sich intensiv mit der Transmutation (Verwandlung) von Metallen

und er studierte sogar an der Universität in Wittenberg, aber die Herstellung von Gold gelang ihm nicht. Das verärgerte den Kurfürsten so sehr, dass er die Zahlung von Kunckels Gehalt verweigerte und gesagt haben soll: „Kann Kunckel Gold machen, so bedarf er keines Geldes, kann er solches nicht, warum sollte man ihm Geld geben?"

Da kam der Ruf des Kurfürsten Friedrich Wilhelm von Brandenburg gerade recht. Der wollte sich von Kunckel die Experimente mit Phosphor zeigen lassen. Das hatte der Alchemist Hennig Brand 1669 entdeckt, doch Kunckel gab sich dem Kurfürsten gegenüber als Entdecker des chemischen Elements aus. Grund war eine Auseinandersetzung zwischen Kunckel und Brand, der seinem Kollegen von der Entdeckung erzählt, dann aber seine gesamten Vorräte hinter Kunckels Rücken an einen anderen Alchemisten verkauft hatte und sich weigerte, Kunckel das Verfahren der Phosphorherstellung zu verraten. So experimentierte Kunckel, der wusste, dass Urin eine Rolle spielte, selbst, und konnte kurz darauf ebenfalls Phosphor herstellen.

Der Kurfürst brauchte Kunckel aber auch als Experten für die Herstellung von Glas. Kunckel wurde Leiter der Drewitzer Glashütte und begann mit der Produktion von Kristallglas und mit Experimenten zur Rotfärbung des Glases mit Gold. Wenig später wurde eine neue Glashütte auf dem Hakendamm in Nowawes (heute Teil von Potsdam) eröffnet. Dort entstanden bunte Glasperlen, die als Währung mit afrikanischen Händlern genutzt wurden. Und dort entwickelte Kunckel auch das Goldrubinglas weiter. 1679 schrieb er zudem das Buch „Ars Vitraria Experimentalis oder Vollkommene Glasmacher-Kunst".

Kunckel kannte mehrere Wege, um Glas rot zu färben. Braunstein (Manganoxid) bringt eine granatrote bzw. violette Farbe, Kupfer ein dunkles Rot, das beinahe schwarz aussieht. Die besten Ergebnisse, so vermutete Kunckel, würde der Stein der Weisen bringen, der ja schließlich schon die passende rote Farbe hat. In Ermangelung dieses Steins experimentierte Kunckel mit Gold, aus dem man ein rotes Pulver gewinnen können sollte. Vom Apotheker Dr. Andreas Cassius soll er etwas über die Herstellung von Goldpurpur erfahren haben, das aus der Reduktion von Gold(III)-chlorid mit Zinn(II)-chlorid entsteht. Kunckel stellte fest, dass nicht nur das Zinn, sondern auch die hohe Schmelztemperatur und das passende Verfahren wichtig sind: Das Rot entsteht erst, wenn die schon erstarrte Masse erneut erwärmt wird.

Der Kurfürst war so angetan von seinem Geheimen Kammerdiener, dass er ihm 1685 die heutige Pfaueninsel, die damals noch Pfauenwerder genannt wurde, zum Geschenk machte. Dort durfte Kunckel schalten und walten, wie er wollte. Niemand durfte die Insel betreten. Der Glasmacher ließ sich im Nordosten seine Glashütte erbauen. Sie stand in Sichtweite zum Ufer, umgeben von Bäumen und Hecken.

So abgelegen die Insel war – die Dampfwolken und Gerüche, die von dort aufs Festland herüberwehten, sorgten für Gesprächsstoff unter den Menschen, die Kunckel für einen Zauberer hielten. Einen, der ganz bestimmt Gold herstellen würde, da war man sich sicher. Aber der Glaskünstler behielt sein Geheimnis für sich und teilte es auch nicht mit seinem Arbeitgeber. Der war ein häufiger Gast auf der Insel und ließ sich von Kunckel oft stundenlang über die Experimente mit Rubinglas und ihre Ergebnisse informieren.

Kunckels Ansehen war so groß, dass es bald einen kurfürstlichen Erlass gab, der besagte, dass allein Kunckel im Gebiet zwischen Rhein und Memel Rubinglas herstellen dürfe. Allen anderen war dies bei Strafe verboten.

Fünf Jahre lang experimentierte Kunckel auf der Insel und stellte dort Glasgefäße aller Art her. Aber als der Kurfürst 1688 starb, änderte sich alles für den Glaskünstler. Denn Friedrich Wilhelms Nachfolger Kurfürst Friedrich III. hatte wenig für den Günstling seines Vaters übrig. Als 1689 die Glashütte abbrannte, konnte Kunckel nicht mit Unterstützung vom Hof rechnen. Im Gegenteil: Ihm wurde der Prozess gemacht, und am Ende sollte Kunckel 8000 Taler zahlen, weil er, wie es hieß, „die Erwartungen nicht erfüllt" habe.

Aber wieder kam Rettung: 1692 berief ihn Schwedens König Carl XI. an seinen Hof. Kunckel folgte dem Ruf und leistete so gute Arbeit, dass ihn der Herrscher zum königlichen Bergrat ernannte und ihn in den Adelsstand erhob: Fortan hieß der Glaskünstler Johann Kunckel von Löwenstern. 1703 starb Kunckel während einer Reise.

1972/73 wurden bei Grabungen an der Ostseite der Pfaueninsel Reste der abgebrannten Glashütte gefunden. Die Archäologen entdeckten im Boden Rubinglas-Scherben unterschiedlichster Form und Farbintensität.

Die unterirdischen Gänge und das ebenfalls unter der Erde gelegene Laboratorium sind jedoch erfunden, ebenso wie der Kunckelsche Nachfahre Gottfried. Aber wer weiß, ob es die geheimen Räume nicht doch gegeben hat.

Den Baum mit Tür gibt es tatsächlich. Er steht nahe der Gewächshäuser, nicht allzu weit von der Fährstation entfernt. Es ist eine etwa 400 Jahre alte hohle Eiche, die um 1830 mit einer Tür verschlossen wurde. Wer nachsehen möchte, ob es dahinter einen Geheimgang gibt, der braucht einen Schlüssel …

Außerdem bei Biber & Butzemann

André F. Nebe

DIE KÜSTENWÖLFE 1 UND 2

Illustrationen von Sabrina Pohle

Hardcover, A5, fadengeheftet, mit Leseband und Spotlack
128 Seiten mit zahlreichen farbigen Illustrationen
14,50 €, 8 bis 14 Jahre
ISBN: 978-3-95916-042-1

Dass Eltern aber auch nie zuhören! Eine Reise in die Berge hatte sich Lukas zum Geburtstag gewünscht. Stattdessen verbringt er seine Sommerferien nun an der verregneten Ostsee. Im schlimmsten Sturm, den er je erlebt hat, sucht er Zuflucht im Trödelladen des alten Knut. Kurze Zeit später werden auch Finn und die Schwestern Anna und Lisa vom Wind in das Geschäft geweht. Zufall oder schicksalhafte Begegnung?

Als Anna Lukas anbietet, ihm das Segeln beizubringen, sind die langweiligen Ferientage jedenfalls gezählt. Ein Morsecode, eine alte Prophezeiung, ein verschwundener Taucheranzug und ein gestohlenes Segelschiff geben den Freunden allerhand Rätsel auf.

Warum verhält sich Annas und Lisas Opa, der momentan auf der einsamen Insel Ruden lebt, so merkwürdig? Was hat es mit dem Wolf auf sich, der immer wieder in ihrer Nähe auftaucht? Und was verbirgt sich auf dem gestrandeten Schiff?

Ihre Neugierde bringt die „Küstenwölfe“ in so manch brenzlige Situation – und ihr Gegner ist gefährlicher, als sie es sich je hätten träumen lassen. In einer nächtlichen Seeschlacht wird sich alles entscheiden ...

Hardcover, A5, 128 Seiten, mit zahlreichen farbigen Illustrationen, fadengeheftet, mit Leseband und Spotlack,
14,50 €, 8 bis 14 Jahre,
ISBN: 978-3-95916-051-3

Nachdem die „Küstenwölfe“ dem Schwarzen Korsaren den Schatz abgejagt haben, freuen sich Lukas, Anna, Lisa und Finn auf entspannte Ferien am Strand von Usedom. Doch schon bald müssen sie sich neuen Gefahren stellen. Ein verdächtiges Geschwisterpaar spioniert den „Küstenwölfen“ hinterher, Teile des Schatzes werden gestohlen, ein Fluch aus alten Zeiten scheint alle zu beherrschen – und der Schwarze Korsar fordert Lukas zu einem Duell an der Seebrücke um Mitternacht.

Die Freunde wollen endlich wissen, was das alles zu bedeuten hat, und verfolgen den geheimnisvollen Piraten bis auf die Insel Rügen. Doch im Großen Jasmunder Bodden warten nur noch mehr Rätsel. Was will der Schwarze Korsar wirklich? Wem gehört das zweite Piratenschiff, das plötzlich vor der Küste kreuzt? Wie gefährlich ist die Seeschlange? Und was haben die sagenhaften Freibeuter Klaus Störtebeker und Gödecke Michels mit dem Fluch zu tun?

Feinde werden Freunde und Freunde werden Feinde, bis es zur alles entscheidenden Schlacht auf der nächtlichen Ostsee kommt. Klar zum Entern!

Ein magisches Land
Ein mächtiger Fluch
Und eine einzige Hoffnung

Für den 15-jährigen Till aus Hamburg bricht eine Welt zusammen: Nach dem Tod seiner Eltern muss er zur Familie seines Onkels nach Thüringen ziehen. Till ahnt nicht, dass hier nicht nur eine liebevolle neue Familie, sondern auch das Abenteuer seines Lebens auf ihn warten. Denn hinter den Saalfelder Feengrotten liegt das magische Elfenland Arwarah, in dem seit vielen Jahren die böse Fee Farzanah herrscht.

Nur Till, seine 16-jährige Cousine Lilly und die kleine Flora können Arwarah vom Fluch der bösen Fee befreien und den wahren König retten. Dabei treffen sie auf Zwerge, Zentauren, Drachen und andere unglaubliche Wesen. Mehr als einmal riskieren sie ihr Leben. Glücklicherweise ist Elf Alrick, der Hüter des Tores zur Menschenwelt, stets an ihrer Seite.

Softcover, 272 Seiten
mit zahlreichen
Schwarz-Weiß-
Illustrationen
Format: 14 x 21 cm,
9,95 €, ab 11 Jahren
ISBN: 978-3-942428-09-5

Softcover,
A5, 188 Seiten
mit zahlreichen
Schwarz-Weiß-
Illustrationen
9,95 €, 8 bis 12 Jahre
ISBN: 978-3-942428-66-8

Die Geschwister Franzi und Johann sind wenig begeistert, dass sie die Sommerferien bei ihrer Oma in Saalfeld verbringen sollen. Wie oberlangweilig! Doch dann sorgen die Zwillinge Leo und Pepe vom Zirkus Brunelli dafür, dass Franzi und Jo die aufregendsten Ferien aller Zeiten erleben. Was hat es mit dem geheimnisvollen Brief auf sich, den sie in den uralten Mauern des „Hohen Schwarms“ entdecken? Ist in der alten Raubritterburg tatsächlich ein lang vergessener Schatz versteckt? Gemeinsam machen sich die Kinder auf die Suche und bekommen es dabei unfreiwillig mit zwei Ganoven zu tun, die dem Zirkus schaden wollen und dabei offenbar vor nichts zurückschrecken. Werden die Kinder das Geheimnis der Burgruine aufdecken und den Zirkus retten?

Zahlreiche weitere Kinderbücher aus ganz Deutschland finden Sie unter www.biber-butzemann.de

---

Die Autorin

Silke Böttcher, geboren in Frankfurt/Main, lebt seit vielen Jahren in Berlin. Als Journalistin für große Tageszeitungen und Online-Portale sowie als Bloggerin ist das Schreiben für sie Beruf und Berufung zugleich. Nun hat sie sich den Traum erfüllt, ein Kinderbuch zu schreiben. Es soll nicht das einzige bleiben ...
www.wildes-Berlin.de und www.my-little-luxury.de

Die Illustratorin

Rebecca Mönch, Jahrgang 1979, wuchs in der Restauratorenwerkstatt ihres Vaters zwischen Farben und mit einem Pinsel in der Hand auf. Sie studierte Kunstgeschichte, Kunstpädagogik, Archäologie und Andragogik. Als Museumspädagogin arbeitet sie hauptsächlich mit Kindern und Jugendlichen. Als freischaffende Illustratorin liebt sie es, in Geschichten einzutauchen, sie zum Leben zu erwecken und die Schönheit in den kleinsten Dingen zu entdecken. Sie lebt mit Mann, Sohn und Hund in der Nähe von Würzburg. www.flauschkopf-studio.de

BAUMTÜR
HAVEL
KAVALIERHAUS
LAMA-
BRUNNEN
JACOBSBRUNNEN
PALMENHAUS
HOLLÄNDISCHE
KÜCHE
BAUMTÜR
SCHWEIZER
HAUS
FÄHRHAUS
KASTELLAN-
HAUS
FÄHRE
SCHLOSS